Axel Gauvin, réunionnais, est né en 1944 à Saint-Denis. Défenseur de la culture réunionnaise, il écrit en créole et en français.

DU MÊME AUTEUR

Du créole opprimé au créole libéré
Défense de la langue réunionnaise
L'Harmattan, 1977

Quartier trois lettres
roman
L'Harmattan, 1980
et Kartié-troi-lète
(édition en créole)
K'A, 2006

L'Aimé
roman
Seuil, 1990
et « Points Roman », n° R542

Cravate et fils
roman
Seuil, 1996

Train fou
roman
Seuil, 2000

Axel Gauvin

FAIMS D'ENFANCE

ROMAN

Éditions du Seuil

TEXTE INTÉGRAL

ISBN 978-2-7578-2450-4
(ISBN 2-02-009515-7, 1ʳᵉ édition)

© Éditions du Seuil, 1987

Le Code de la propriété intellectuelle interdit les copies ou reproductions destinées à une utilisation collective. Toute représentation ou reproduction intégrale ou partielle faite par quelque procédé que ce soit, sans le consentement de l'auteur ou de ses ayants cause, est illicite et constitue une contrefaçon sanctionnée par les articles L. 335-2 et suivants du Code de la propriété intellectuelle.

À l'Indienne de l'Inde, mon ancêtre, dont j'ai perdu jusqu'au nom.

À Krishna, Bharati, Carpanin, Vadivel, Soubaya...

À Djamila.

I

Lundi 3 septembre

Je ne mangerai pas !
Je l'ai pourtant dit et redit à mon père qu'elle n'est pas pour Soubaya la cantine de leur école. Un bouillon de cresson à la case, plutôt que ces tonnages de riz, de viandes, de poissons dont les crève-la-faim d'ici n'arrêtent pas de me tambouriner les oreilles depuis ce matin. Malgré l'air sévère de papa et toutes ses menaces, pas une seule miette de leur manger ne franchira mes dents :
– Écoute-moi bien ! n'a-t-il cessé de me bassiner depuis dix jours. Tu resteras à la cantine à onze heures ! Et tu te mettras devant ton assiette ! Et puis… tu laisseras ton estomac crier la faim-valle, puisque tu l'as décidé ! Mais surtout, qu'il ne me revienne pas que tu es allé voler des cannes et des goyaves pour te calmer le ventre, après !
Il a la tête dure comme un galet des bords du Gange, le vieux Tamoul, mais je ne suis pas son fils pour rien. Je crèverai de faim s'il le faut, mais leur repas : jamais ! Il gagne encore assez d'argent dans sa charpente, le vieux, pour qu'on mette la marmite sur le feu, à la case. Ça n'est pas pour ma dernière

année d'école que je vais manger dans une assiette lavée je sais comment, hélas ! et en compagnie de gloutons qui ne viennent à l'école que pour bâfrer à la cantine !

Si maman était encore là, jamais, au grand jamais, elle n'aurait laissé faire ça, et d'abord nous ne serions pas ici dans ce diable bouilli de pays du bout du monde, et je ne serais pas, seul Noir parmi les Blancs, mouche-charbon tombée dans le lait, comme ils disent... Enfin, admettons que je sois la mouche et eux le lait ! Mais quel lait, et de quelle valeur !

Et puis qu'ai-je encore à faire de l'école ! Avec mes quinze ans révolus sur la tête, que suis-je, ici – et que serais-je dans une autre école ? –, sinon grand dadais au milieu de toute cette marmaille qui galope en tous sens comme cabris partis marrons pour la première fois ? Encore si la bibliothèque... Mais peut-on appeler bibliothèque ces quelques pauvres livres sous cadenas, que je lirai en huit jours si la directrice accepte de les prêter. La directrice ! Elle doit se cacher dans les buissons de galaber, celle-là ! Une directrice absente un jour de rentrée ! Il faut venir ici pour voir ça !

En face de moi, il y a une grosse cabèche qui mange. Elle ne mange pas, elle s'empiffre, elle se bourre ! Elle est impressionnante cette grosse tête de gros jaque à jaquier[1] qui vous goulupiate le manger

---

1. Le jaquier, espèce voisine de l'arbre à pain, donne des fruits qui peuvent peser jusqu'à cinquante kilogrammes.

en moins de deux, qui s'en met, s'en enfonce, s'en déborde de partout ! Et une énorme motte de riz ! et une pelletée de gros pois ! Et encore du riz ! La moitié de ce riz redéboule dans l'assiette et la sauce des gros pois mélangée à la bave te gicle dessus. C'est dégueulasse !

Il n'y a qu'à la viande que Tête Jaque ne touche pas. C'est qu'il la garde pour la fin, bien évidemment... Tout le contraire des enfants de riches. Ils la mangent dès l'abord, eux, sûrs qu'ils sont d'en avoir encore, et encore, et toujours ! À moins qu'ils ne fassent les boudeurs, les bouquarts, les « j'ai pas faim », les « j'aime pas ça », comme celui qu'une fois j'ai vu !... Je me demande si, à tout prendre, je ne préfère pas Tête Jaque ? De toute façon, pas un seul enfant de riches, ici : que viendrait-il faire dans une gafourne[1] pareille !

*

L'odeur te dit que ce cari, c'est du bœuf. Je n'ai jamais eu l'occasion de sentir un plat de bœuf, mais je sais que ça a cette odeur-là ! Qu'est-ce que cela pourrait être d'autre ?

La viande de bœuf, chez nous, personne n'y touche. Notre religion nous le défend catégoriquement. Il en aurait mal dans le cœur, tiens, papa, s'il savait qu'on nous en impose. Et pourquoi ne le saurait-il pas ? Pourquoi me priverais-je du plaisir de

---

1. Un bled.

le lui dire, et dès ce soir encore ? On verra s'il m'oblige encore à pourrir dans ce parc à cochons !

Ah ! ce cari ! Pour des millions, je n'y goûterais pas ! Ni à la sauce ni au riz saucé ! Et même à celui qui ne l'est pas. D'ailleurs, que ce serait une autre viande, un autre manger – le meilleur massalé du monde ! – que je n'en mangerais pas davantage ! Je mange la nourriture de la case, à la case, ou alors je ne mange pas ! Un point c'est tout !

Du bout de ma fourchette, je soulève délicatement un des morceaux de viande de bœuf que la grosse serveuse blanche m'a fourgués d'autorité. Je ne sais si le délicat de mon geste est totalement de respect comme ça devrait, ou de peur plutôt. On a beau savoir que la vache est sacrée, mais il est tellement défendu d'en manger, que je me demande si, devant ce cari, je n'ai pas plus de trouille que d'autre chose !

– Eh oh, le Malabar[1], Tu manges pas ?

Tête Jaque sait bien que nous, hindous, ne mangeons pas de viande de bœuf. Il voit bien aussi que je n'ai même pas effleuré mon manger. Je lève la tête pour voir quelle idée se cache si mal derrière cette grosse noix de coco sans noix et sans lait !

Ça n'est pas lui qui vient de parler. C'est deux joues roses et bouffies qui sont venues d'une autre table. De sa main gauche, Joues Roses tient, collée contre son vieux pullot de laine tout encroûté de saleté, son assiette qu'il n'a même pas finie. Sa droite, il l'a déjà posée sur mon assiette à moi. Tête

---

[1]. Nom, généralement méprisant, donné aux Hindous de la Réunion, originaires, pour beaucoup, de la côte des Malabars.

Jaque a fait, d'un geste vif, pareil de son côté. Aucun des deux n'a, visiblement, l'intention de lâcher. Aïe, aïe, aïe ! Les coups vont sûrement pleuvoir. Ces deux zouaves vont sûrement se dresser les côtes l'un de l'autre pour deux ou trois morceaux de viande, et de bœuf encore !

Et moi, je veux ignorer que cette assiette prétend m'appartenir. Je me bouche les yeux, du moins sur la cause du combat, je me mets des graines de bibasse dans les oreilles et retire ma cuiller de cette marmite qui n'a en aucune manière bouilli pour moi.

Mardi 4 septembre

Joues Roses vient s'asseoir en face de moi. D'avoir, hier, battu Tête Jaque, il fait aujourd'hui son matador, son matamore, son vainqueur. Pauvre Tête Jaque ! Il n'a même pas pu se lever : les claques qu'il a reçues dans son gros coco l'ont fait cailler en place.

Donc, hier, Joues Roses a fichu sa raclée à Tête Jaque, et maintenant il lui vole sa place. Probablement pour n'avoir qu'à tendre le bras jusqu'à mon assiette. Lui aussi ne fait qu'engloutir, déglutir comme dit le livre de *Leçons de choses* (la luette se relève pour obturer le passage vers les fosses nasales, etc., etc.), bref, il s'empiffre. Les mottes de riz, les haricots entiers, les gros morceaux de cari se bousculent vers sa panse. Je me demande comment il fait pour digérer tout ce qu'il enfourne ! Et quand il en trouve le temps ! Un sommeil comme celui qui l'a pesé, hier, sur son livre de lecture, juste avant les cannes à sucre qu'il est allé voler dès que la maîtresse nous a lâchés, est bien trop court, malgré tout, pour suffire.

Aujourd'hui, au menu : sauce de sardines. Des sardines en boîte, mais la bonne odeur qui s'en dégage ! Ce fumet m'appâte comme c'est pas possible. Mais appâté ou pas, et que ma bouche fasse plus ou moins d'eau, que mon estomac s'ouvre devant comme le cratère de La Fournaise, il ne faut pas compter sur moi pour céder.

– Eh oh ! le Malabar ! Ton manger est pour moi, hein !

Je ne réponds pas. D'ailleurs, ce que Joues Roses vient de gueuler n'est pas une question. Il n'a pourtant pas fini ses sardines, Joues Roses, qui, pour mettre à vif la blessure de Tête Jaque, ajoute :

– T'as entendu, Grosse Tête ? L'assiette de Malabar est à moi !

Et de rire un rire sale de la sauce-sardines de ce matin et sûrement du cari-bœuf d'hier. Un rire gras de graisse de porc et de vulgarité.

Joues Roses rit et Tête Jaque pleure. Il pleure, et moi qui m'imaginais que rien ne se passait dans cette grosse calebasse ! Mais quelle eau, ou quel vent, peut bien y tourbillonner aujourd'hui ? La honte d'avoir courbé devant les ergots du coq à bajoues ? Le dépit ? La jalousie pour la double part ? La jalousie, ça pourrait donc faire pleurer cette tête de jaque ?

Mercredi 5 septembre

— Le manger du Malabar est pour moi !

Joues Roses plante son drapeau de bonne heure aujourd'hui. Le territoire ne m'appartenant pas, je m'en fous pas mal. Mais le Joues Roses ajoute immédiatement :

— En parlant de Malabar, il y en a un qui ne va pas tarder à crever, et pas loin d'ici encore !

Cette phrase me fait redouter la dégueulasserie habituelle, l'absurde rituel dégueulasse qui, bien entendu, ne manque pas de venir : Joues Roses se met debout sur le banc, et là, devant tous les yeux de toute la cantine, il me présente ses fesses et se fourre le doigt dans le cul à travers la toile de ses culottes courtes.

— Là, c'est là qu'il va crever !

Il fait alors semblant de se sentir les doigts et dans une grimace :

— Ça pue ! Ça pue le curry, ça pue le massalé, ça pue le Malabar !

Au milieu des explosions de rire que vous imaginez, le sang me monte à mes joues noires. La honte — saloperie de honte —, la honte me submerge. Et puis la colère, lentement la colère se lève et ferme la gueule à cette merdeuse de honte.

Dans la plupart des cas, je suis de ceux que la fureur fait déborder d'un coup, d'un seul premier coup. Ma colère ne monte pas en mer montante, mais en lame de fond. Elle se développe en flamme d'essence et non en feu de charbon de bois. Ma colère ne débouchera pas tout à l'heure, si tout à l'heure il y a, mais à la minute, à la seconde, et je puis vous assurer qu'elle n'est pas pour semblant : elle est cyclone et raz de marée. Je sens bien qu'elle serait capable de casser, briser, défoncer, et moi-même à l'occasion.

Mais peut-être d'avoir, depuis des générations, tant et tant subi et de tous les côtés ? – quand il s'agit de ma couleur de peau, de ma race, c'est d'abord de la honte que j'éprouve. La colère ne vient qu'après, et souvent, avant qu'elle n'arrive à son éclatement, celui qui nous a injurié a tranquillement pu reprendre son chemin. Mon cœur, quoique rempli de l'amertume du fiel, finit par tomber. Et même si je revois l'insulteur, je me dis qu'il vaut mieux le laisser pour son peu de valeur.

Souvent. Mais aujourd'hui le salaud est là, à une allonge de mon bras. Il se bourre, rit, goguenarde. Et moi, de rage, ma main se serre sur une cuiller qui traîne sur la table. Il tend la main vers mon assiette... Le coup est parti tout seul.

Non, Soubaya, pas tout seul. Tu l'as accompagné de toute ta force et de toute ta colère. Pourquoi dis-tu accompagné ? C'est toi, c'est bien toi, Soubaya Caroupoullé, c'est uniquement toi, couleur charbon de visage et de partout, mangeur de cet ignoble massalé, sacrificateur de si gentils petits cabris, adorateur de dieux à trop de bras, c'est toi, Malabarlangouti[1], qui lui as planté ce manche de cuiller dans la paume de la main. C'est bien toi !

Et il peut gueuler de douleur tant qu'il veut, l'enfant de putain !

---

1. Langouti : pagne, disparu depuis longtemps à la Réunion. Malabarlangouti : Malabar à pagne. Terme fréquemment utilisé, naguère, comme insulte raciste.

Vendredi 7 septembre

    Joues Roses a préféré changer de table : tant mieux ! Mais tant mieux aussi qu'il soit là et qu'il arrive à faire bouger ses doigts, même si sa main gonflée comme un petit pain et plus violette que l'encre de nos encriers lui permet de faire la grosse pitié devant ses voisins de table. Toute la soirée d'hier j'ai eu la trouille de lui avoir cassé, que ce soit un os, que ce soit pire encore. Il n'a pas grand-chose : tant mieux, et pour moi et pour lui. Mon cœur n'est pas magasin de haine et de vengeance. Hier, un couteau je lui aurais fiché dans la paume ; cloué à la table, je l'aurais, comme on cloue en plein milieu du champ de maïs l'oiseau Bellier pilleur d'épis. Mais aujourd'hui : regrets !
    Comment regrets ? Regretterais-tu d'avoir corrigé ce porc qui vous méprise et vous insulte ouvertement ? Ainsi donc les Malabars meurent dans les fondements jamais lavés, dans des culs qui ne connaissent en guise de papier que la pierre des champs ! Non, non : tu n'as aucun regret ! Ta colère s'est fanée. Le petit doigt tu ne lèverais plus contre lui, mais de regrets, jamais !

Tête Jaque a repris sa place en face de moi. Il s'appelle Ary. Ary continue de s'empiffrer, mais il prend maintenant le temps de relever la tête et de me sourire. Un sourire gonflé de manger, qu'importe ! On ne peut trop lui demander.

Il n'y a pas qu'Ary à table. Il y a, entre autres, un petit courtaud à cheveux noirs qui me dit s'appeler Raymond. Raymond s'est arrangé pour venir s'asseoir à mon côté. En plein milieu du repas, il me donne des petits coups de coude répétés :

– Dis, tu me veilleras dessus ?

Ici donc aussi, les plus forts protègent les plus faibles contre d'autres plus forts.

– Tu me défendras ?

Je hausse les épaules : je n'ai aucune envie de me battre pour qui que ce soit.

– Demain, je t'apporte deux cannes, propose Raymond. Deux cannes Java tendres en rosée et douces comme bonbons au miel. Et puis, à la saison, je t'apporterai des mangues José, et puis des pomplemousses, et puis des letchis, et puis des longanes...

– Je ne veux pas de tes longanes, ni de tes letchis, ni des pomplemousses, ni des cannes, ni rien !

Le visage de Raymond s'allonge de dépit :

– « Il » veut me cogner. « Il » veut me cogner, parce que j'ai ri, hier, quand tu...

– Qu'il essaie !

Raymond, rassuré, se remet à manger. Ary, lui, a déjà presque tout fini.

– C'est bon, il me dit, en montrant le rougail de hareng qu'il a laissé pour la bonne bouche. C'est bon !

D'un coup de patte, Ary racle le peu de manger qui restait dans son assiette. Il se lèche les doigts. Et puis sans raison, apparemment sans raison :

– J'aime pas les vacances !

Je sais bien qu'Ary n'aime pas les vacances et le pourquoi : les vacances, c'est maïs tout sec, goyaves vertes et dures en gravelle, et puis l'eau sucrée de trois ou quatre cannes pour boucher l'estomac et le faire taire ne serait-ce que pendant quelques heures. Ce n'est pas pour malparler de l'« eau qui monte », mais la plus belle des cannes bonbons, de celles qui se fendent toutes seules sous le canif, qui libèrent au simple toucher des lèvres leur vesou parfumé dans la bouche, vaut-elle le plus vilain des croupions de volaille pour vous désagacer la bouche et rassasier le sang ? Et puis, pas de canne non plus durant les interminables vacances de la saison des pluies.

Ary et ses pareils détestent le temps des vacances. Car, même si dans le plateau qui penche contre elles on ne pose pas les corvées supplémentaires qu'elles vous collent dans les bras et les jambes – le dépaillage de ces cannes sur pied qui se défendent à grands coups de soies à gratelle et de feuilles coupantes comme des rasoirs, le charroyage dans des montées qui n'en finissent pas de vous crever le cœur de celles que l'on a dû tomber au coutelas, l'épandage de ces engrais mangeurs de chair –, les vacances, dans un trou de misère comme ici, c'est ventre creux et compagnie. L'école, au contraire, c'est la vraie bonne nourriture : le riz, les haricots, la viande !

« Vive l'école ! pense Ary. Vive l'école ! » Il le pense et le dit, même s'il n'a pendant les interminables heures du prétendu travail des autres qu'un éclat de roche pour, petit à petit, creuser une rigole dans le bois de la table. Une rigole, pas plus : graver un seul mot est au-dessus de ses possibilités, il ne sait, ne saura jamais l'écriture et même pas de son nom !

– Tu manges pas ? il demande.

Je lui tends mon assiettée. Il refuse tout net. Pourtant, je sais que sa bouche fait de l'eau tant et plus. Il dit :

– Mange, toi ! Mange ! Tu vas finir par tomber en faiblesse.

C'est vrai, békali ! Je ne vais quand même pas me laisser crever de faim pour un vieux Malabar entêté. Je mange, mais après avoir fait tomber dans l'assiette d'Ary un morceau de rougail qu'il saisit presque au vol. Puis le sourire qu'il me sourit ! Un vrai bon sourire : sans manger dedans, et presque sans sauce dessus !

Samedi 8 septembre

Il n'y a pas de salle exprès pour la cantine : nous mangeons dans la classe de la directrice de l'école des garçons, la nôtre, par le fait, mais comme aux criquets de chez nous s'ajoutent, pour les repas, les sauterelles de l'école des filles, je suis bien obligé de préciser.

Notre maîtresse prétend que, dans le temps d'autrefois, il n'y avait pas d'école ici, simplement une grande maison de riches habitants de la terre[1], avec poules et dindons, bourriques et chevaux. Des chevaux sellés, bridés et tout ce qui s'ensuit ! Dans ce temps-là, toujours d'après la maîtresse, la salle qui nous sert de classe et de réfectoire n'était qu'un grand magasin à vivres. Mais si ça n'était que pour parer de la pluie les balles de maïs, pourquoi ces murs épais d'un mètre ? Pourquoi ces poteaux en mâts de bateau à voile ? Et ces arcs-boutants si épais que mes bras n'arrivent pas à en faire le tour ? Pourquoi surtout cette hauteur ? Car pour toucher le faîtage il faut, l'un sur l'autre, pied sur tête, trois

---

1. Paysans.

comme moi, qui ne suis pourtant pas si rabougri pour mon âge, au contraire !

À ce grand magasin, une seule porte, une seule fenêtre. Trouvez drôle, après, ce demi fait-noir dans cette salle immense ! Deux maçons, le jour de la rentrée, sont bien venus tracer quatre lignes en carré sur le mur de façade. Sûrement pour percer une fenêtre de plus. Mais frapper des traits de poudre bleue, c'est assurément plus facile que d'ouvrir de la bonne pierre de volcan scellée à bon mortier. Les maçons, on ne les a vus qu'un instant, et le fait-clair attend toujours derrière la roche et le ciment.

De ma place, par l'embrasure de la porte, je peux voir le logement de la directrice qui se prolonge par la classe des petits. On dit qu'elle est durement attaquée par la maladie, la directrice, qu'elle devient rapidement infirme et qu'elle ne fera plus jamais classe si elle n'est pas miraculée. Les volets de sa chambre sont fermés, probablement taqués du dedans.

Par notre unique fenêtre : les grands bras maigres d'un jaquier qui se dessèche. Il ne meurt pas de mort naturelle ce jaquier : si on se met debout, on voit bien que son tronc est écorcé d'une bonne main de large sur tout son entour.

– C'est le vieux Flavognien, dit Raymond.

– Le vieux Flavognien ?

– Le propriétaire des cannes que tu vois. Il veut tuer le jaquier qui sert de borne, pour que ses champs puissent ronger la cour tout à leur aise. Tu vois bien qu'aucun mur ne la garantit, notre cour.

Ces cannes bonbons balançant leurs panaches

roses derrière l'ossaille du bois qui meurt ne cacheraient-elles, sous l'air le plus innocent du monde, que leur impatience de passer à l'attaque du terrain de l'école ?

Notre cantine, c'est avant tout trente tables d'école. Ces tables ! Elles s'agitent comme queue de chien content ! Leur bois n'est pourtant ni termité ni pourri, mais d'avoir été bousculées, halées, poussées, transbordées d'écoles de plus en plus minables, jusqu'à venir échouer ici, leurs tenons en sont usés, leurs mortaises toutes lâches. Et si vous pouviez voir les plateaux se ravinant de noms creusés, rarement au canif, le plus souvent à l'éclat de roche, ou à ces débris de faïence avec lesquels nous jouons pendant les récréations ! Les pauvres plateaux ne sont plus que hausses, baisses, cabosses et bas-fonds. Sur les hausses, même quand arrive l'heure de la classe, de la sauce de cari à ramasser à la cuiller. Dans les bas-fonds, des grains de riz secs et tout racornis, malheureux comme petits canards qui ont perdu leur bande.

C'est là-dessus que mangent les filles. Deux par deux. Mais les plateaux sont si en pente, si bien enduits de sauce grasse, les tables sont si branlantes, que les assiettes refusent obstinément de rester en place, si bien qu'il faut les surveiller comme lait qui chauffe. Un simple clignement d'yeux, et la fille se retrouve la robe toute remplie de riz au safran. L'une rira tout son content, l'autre lâchera une bordée de paroles malpropres – la bouche des filles est souvent bien plus sale qu'on ne le croit –, l'autre encore, à mère si lasse de tant et tant savonner, brosser, frotter, et que la plus petite tache finit par mettre dans une fureur bleue, pleurera toutes les larmes de son corps, maudira tout ce qu'elle sait : la cantine, la mère de la cantine, sa grand-mère, et jusqu'aux plus vieux ancêtres de ladite cantine. Et même alors, elle fera ébouler le riz-cari de sa robe dans l'assiette, elle raclera la table du quart de la main pour recompléter son repas, s'assoira devant pour le terminer.

Nous, garçons, nous mangeons sur trois tables à tréteaux qui sont plaquées contre le mur quand il y a classe dans le réfectoire.

Petit changement à notre table, aujourd'hui : si Ary est toujours en face de moi, Raymond, celui qui raconte – vérité vraie, ou mensonge plus gros que Joues Roses – l'histoire de Flavognien, celui qui veut me payer en pomplemousses pour que je le protège, Raymond s'est mis à la gauche d'Ary pour laisser un petit kaniki tout chétif s'asseoir à mon côté.

– Il s'appelle Mano, me dit dans un sourire Raymond qui, faux jeton, ajoutera quand l'autre s'éloignera quelques instants pour aller chercher sa fourchette oubliée à son ancienne table, Mano sans Z'œufs, parce que ses graines ont refusé de sortir de son bas-ventre. Ce qui fait que c'est un garçon, mais qu'il n'en a pas.

Je ne vous décris pas les gloussements, pouffements, mains devant la bouche, en particulier de Raymond. Et puis les éclats de rire des autres que Mano a quittés, sûrement parce qu'ils n'arrêtaient pas de se moquer de lui.

À la troisième table, Joues Roses, tout en bâfrant, me regarde de travers. Il paraît – Raymond fait la radio-trottoir, dans ce pays de manioc grillé qui ne connaît ni la radio ni même le trottoir ! – qu'il ne cesse de maugréer que nous sommes fâchés l'un avec l'autre, qu'un grain de sel il ne partagera plus jamais avec moi, et d'abord qu'il n'est plus question que je lui adresse encore la parole. Mais quelle parole ai-je bien pu m'abaisser à lui adresser ? C'est ma cuiller qui lui a parlé, pas moi ! D'ailleurs, qu'il fasse attention : elle aurait encore deux petits mots pas très tendres à lui dire, s'il insiste un peu trop !

Joues Roses dit aussi que son père viendra se mettre à l'affût, un soir au sortir de l'école, qu'il me saisira par le gosier, qu'il m'épluchera les jambes et les fesses à grands coups de ceinturon militaire. Qu'il vienne son vieux ! Ça n'est pas parce qu'il a probablement fait la guerre de 14 que j'aurai peur de lui. Je l'attends de pied ferme ! Et sa vieille aussi qu'elle vienne ! Et ses tantines et ses grands-mères !... Je n'ai pas peur de tout son tremblement !

– Doucement, Baya ! T'énerve pas comme ça, je me dis. T'énerve pas !

La musique du réfectoire – fourchettes en fer blanc, assiettes en tôle, langues épaisses et dents trouées comme pipeaux – me calme, ou du moins me change les idées. Et puis Raymond met de l'ambiance :

– Eh oh, Grosse Tête ! Tu nous montres ton pied ?

– Attends : il me reste ma saucisse à finir ! répond Ary la bouche pleine…

Tout le monde sait qu'Ary, en plus de sa tête de jaque, a une patte folle, qu'il est « noundi », infirme, quoi ! Son pied, on le connaît d'autant mieux qu'Ary, comme nous autres, ne met jamais que des sandalettes de poussière ou des bottes de boue, selon le temps qu'il fait. On l'a tous vu et revu, le pied d'Ary, mais jamais ensemble, jamais pour le spectacle. Alors on se penche du plus vite qu'on peut sous la table. Mais Tête Jaque, vif comme l'éclair, l'a déjà levée, son infirmité du bas. Il la tient à deux mains au-dessus de nos plats, au-dessus des grains de riz fanés, de la sauce répandue. Pas de place pour la poser, alors, il la lâche dans sa propre assiette.

Un pied dans une assiette !!! Remarquez, ça n'est pas un vrai pied pour vraiment : c'est un gond avec trois ongles recroquevillés sur un des bords. Un battant de cloche aplati et même pas droit : il se retourne dessus dessous et la plante regarde à demi le ciel. C'est pas un vrai pied, mais Ary s'en sert comme d'un. Et là où ce battoir qui trévire, touche le sol, il est gercé, péturé, fendu, crevassé comme les nôtres.

Un avorton de pied dans une assiette ! Qu'est-ce qu'on a pu s'esclaffer ! Heureusement que l'assiette était déjà toute relichie. Pleine elle était, de rire notre ventre éclatait pour de vrai ! Je me demande bien si Ary n'était pas celui qui riait le plus fort.

– Attention : Grosse Yvonne !

Yvonne, c'est la cantinière. Une sacrée grosse Blanche, comme il n'y en a que dans les hauts. Le cul large comme un arrière-train de gendarme, la gueule : gueule de cochon, et l'aisselle sentant fort la transpiration constamment réchauffée.

Il y a deux jours, Raymond, la voix pleine de respect, m'avait confié qu'Yvonne est – comment dire ? – la grosse amie du maire. Ce respect s'était changé en admiration mêlée de crainte pour m'apprendre qu'elle fait au moment des élections le coup de poing pour son amant :

– Elle est forte comme un taureau, il m'avait dit. Le bonhomme qui lui tombe entre les pattes, il en oublie son *Nom du Père*... Le *Nom du Père*, une prière à nous, couillon ! Et puis le maire, un type terrible, le maire !

– Un salaud terrible, avait contr'ajouté Mano.

Mais si Raymond avait trompetté ses paroles, Mano n'avait que sifflé les siennes entre ses dents, quasi pour lui tout seul. Comme pour ne pas laisser passer ça, d'une part, mais pour ne pas montrer ses pensées, le fond de ses tripes, d'autre part. J'avais été le seul à entendre, et la bataille n'avait pas éclaté entre eux deux.

Yvonne s'occupe de tout dans la cantine : elle sert le repas et puis aussi elle nous surveille, ce qui, en principe, est le travail de la directrice de l'école, mais comme celle-ci ne peut plus mettre un pied devant l'autre... Dire qu'Yvonne nous surveille est un bien grand mot, car pour ne pas perdre son temps, pour ne pas laisser son dentier s'embêter, son jabot se morfondre, elle se dresse dans un grand plat une de ces petites montagnes de riz blanc qu'elle jumelle d'une deuxième de haricots ! Elle arrose le tout de quelques bonnes louches de cari, et en avant ! Joues Roses et Ary sont battus d'avance. Et, tant que tout le manger n'a pas pris la pente vers sa panse, tant que son plat n'est pas propre comme le dedans de ma main, elle ne nous voit pas, ne nous entend pas, et nous pouvons faire toutes les couillonnades que nous voulons.

Oui, mais aujourd'hui, quand Ary commence son cinéma, il est plein à ras bord le ventre d'Yvonne, et malgré le tonnage supplémentaire que cela lui impose, à l'énorme femelle, elle rapplique en guêpe que l'on vient provoquer dans son nid. À peine Ary a-t-il le temps de ramasser son pied infirme :

– Espèce de singe, je vais te le faire éclater, moi, ton gros melon d'eau !

À pleine main gauche, elle empoigne les cheveux d'Ary et, de la droite, elle n'arrête pas de cogner sa pauvre grosse tête. Ary hurle, essaie de parer les coups, essaie de s'échapper, se débat tant qu'il peut, mais finit par s'abandonner à la battée-lavée… Saloperie d'Yvonne ! tu ne vois donc pas que tu es en train de l'assommer !

– Alors que le monde mange, il faut que tu l'exhibes, toi, ta belingèle gangrenée ! Tu ne peux pas comprendre que c'est dégoûtant ? Tu comprends pas, ou tu le fais exprès pour nous faire dégobiller ? Tu le fais exprès, hein ? T'es vraiment dégueulasse ! Ils sont tous dégueulasses dans ta famille, mais je vais vous la faire passer, moi, votre dégueulasserie !

Et de cogner, cogner, cogner encore. Elle lâche enfin Ary qui, abruti de l'éboulis de coups, vacille et tombe à demi évanoui sur le banc.

– Quant à toi, Malabar-langouti, continue de l'instiguer, et tu auras affaire à moi !

J'ai trop la trouille pour essayer de répondre quoi que ce soit !

Lundi 10 septembre

Ary est là comme si, samedi, rien ne s'était passé. Si j'avais été à sa place, j'aurais tout fait pour qu'Yvonne ne puisse plus continuer à nous imposer sa graisse, son insolence et sa méchanceté.

Au menu : viande de bœuf. Encore ! J'aurais dû me douter que, pour la bouffe, la même rengaine repassait de semaine en semaine, tout au long de l'année, et probablement d'une année sur l'autre : lundi, bœuf ; mardi, sardines ; mercredi, morue... Je comprends enfin, pourquoi, quand à huit heures cinq, la maîtresse lève sa craie devant le tableau et demande : « Mes enfants, quel jour sommes-nous, aujourd'hui ? », il y a toujours deux ou trois grands nigauds pour goguenarder entre leurs dents : « Viande de bœuf, dix septembre 1958 ».

Viande de bœuf ! Si j'avais su, j'aurais apporté un quelque-chose pour me remplir le ventre, ou au moins pour obliger mes dents à se réveiller. Vrai pour vraiment, lundi prochain, je prendrai mes précautions. Disons qu'aujourd'hui ça fera un manger de plus pour Ary.

À peine avons-nous échangé mon assiette pleine contre la sienne vide qu'Yvonne vient rôder autour de nous. Ary en perd le courage d'avaler. Yvonne tourne et retourne comme sans faire exprès, mais longtemps, longtemps. Elle finit malgré tout par s'en aller. Mano me dit alors :

– Elle est venue pour toi.

Je sais bien qu'elle est venue pour moi, plus exactement pour m'avoir au tournant ! Mais je me trouve d'autant plus de vaillant qu'Yvonne est maintenant à l'autre bout de la salle, se raclant une croûte au fond de la grande marmite à riz. Je plaisante :

– Qu'est-ce que je pourrais bien faire d'une catoche pareille ?

– Elle t'en veut, tu sais !... En tout cas, il y a quelque chose qu'elle a trouvé bien drôle.

– Et quoi donc ?

– Que tu aies mangé le cari de bœuf à ce qu'elle croit.

Sauce de sardines, 11 septembre

Vers la fin de notre repas, un homme, chemise de bleu de chauffe, pantalon de toile écrue, spartiates aux pieds, entre dans le réfectoire. C'est, paraît-il, le mari de la directrice. Qu'est-ce qu'ils peuvent faire fête à son arrivée, les autres ! Mais bizarre maîtresse d'école vraiment qui, pour homme, a pris un habitant de la terre ! Pour comble, l'habitant porte dans ses bras, comme on porte un bébé, un grand sac de toile de jute. Un sac complètement trempé. Il le pose par terre, l'ouvre, et dedans… une barre de glace, à moitié fondue évidemment, car d'où viendrait-elle, sinon de la ville ?

L'habitant se prend un marteau, s'accroupit et commence à casser sa glace en éclats. Si vous aviez pu voir toute la marmaille bavant en rond autour ! Exactement comme leurs pères autour de la viande, dans la boutique Mong-Hune, quand celui-ci, certains vendredis soirs, a tué le cochon ! L'habitant, sérieux comme leur pape, distribue son glaçon : un morceau pour l'un, un morceau pour l'autre.

– Tout le monde est content ? Il demande.
– Le mien était tout petit kaniki.

– Prends-en un autre. Tu en veux encore ? Vas-y ! La bande de petites volailles, vraiment, que vous faites ! Les attardés que vous êtes ! Il suffit de quelques morceaux d'eau caillée pour vous mettre dans cet état ! Mais êtes-vous déjà, ne serait-ce qu'une fois, descendus en ville ? Mais savez-vous au moins ce que c'est qu'un cinéma ? Le jour où cela vous arrivera d'y voir un film, ce jour-là, vous sécherez en place de plaisir ! Et ne parlons pas si Cow-Boy embrasse une fille dans la bouche à l'écran !

Aïe, aïe, aïe ! papa ! Quelle idée t'est passée par la tête pour m'amener dans ce pays de derrière le soleil !

Rougail de morue, 12 septembre

Ils ont l'audace d'appeler ça une cantine ! On n'a pas de verre, ni même de gobelet ! Quand le repas est fini, et sans dessert en plus, on se rassemble tous dans la cour de l'école, autour du tuyau, qui, parce que sans robinet, coule sans fin, d'abord dans une grande cuve de fer toute rivetée, puis sur le sol, au grand plaisir d'une double rangée de songes[1], au grand bonheur d'un carré de cresson. Et là, chacun son tour, on embrasse – comme dit la devinaille – la demoiselle à l'eau sur la bouche. Après on s'essuie les lèvres à la manche courte. Et puis, point final.

---

1. Taro.

Saucisse-frites, 15 septembre

Ary me supplie presque de changer de place avec lui. Pour tourner le dos aux bancs des filles. Je n'avais aucune raison de refuser, d'autant plus que maintenant c'est moi qui peux les voir et que certaines commencent à monter en fleur...
— Sa sœur est revenue, me dit Raymond.
Je ne savais même pas qu'Ary avait une sœur. D'ailleurs comment l'aurais-je su : personne n'en a dit mot, et c'est la première fois qu'on la voit à l'école depuis la rentrée ! Raymond, lui, sait tout de la famille d'Ary. Il sait tout pour mieux en malparler :
— Il a quatre sœurs, et un frère. Le Bon Dieu les punit tous, parce que le père est du parti du diable : le frère aussi a un battant de cloche, et le volcan a roussi toutes les sœurs. Vise un peu les cheveux qui flambent sur la tête de celle-là ! Ils sont plus rouges que les flammes de l'enfer !
Je regarde évidemment la fille et je ne suis pas le seul. Les autres garçons aussi la fixent des yeux, mais eux, ça n'est que pour lâcher leurs mauvaises paroles, à voix haute en plus, et qui plus est devant Ary qu'heureusement tout cela laisse indifférent :

– C'est vrai qu'elle a les cheveux enflammés !
– Dites, la nuit, ça doit foutre le feu à sa paillasse !
– Et les taches rouges sur la figure, vous les avez vues ces taches ?
– C'est pas une figure qu'elle a, c'est une figue[1] trop mûre !
– Elle a sûrement bronzé sous moustiquaire !
– Eh oh ! Dites plutôt que les moustiques lui ont chié sur la gueule !

Et tous de faire semblant de se désoler :
– Aïe, aïe, aïe ! ce qu'elle est vilaine !

Moi, même si pour rien au monde je ne l'avouerais, je ne la trouve pas si laide que cela, bien au contraire. Je m'attendais – pardonne-moi, Ary ! –, je m'attendais à une grosse tête de jaque ébouriffée, mais elle en a une normale et bien peignée. Des yeux vifs. Des dents bien rangées, pas une ne reculant quand les autres avancent. Et puis un si joli sourire, et puis des bras si fins, si légers de mouvement qu'on dirait, qu'on dirait... une Malbaraise.

Joues Roses saisit l'occasion de provoquer Ary. Il se lève de table et, goguenard, s'approche :
– Eh, Grosse Tête ! N'oublie pas que ta sœur est pour moi ! Je veux être le pre.
– D'accord, répond Ary que la seule vue de cet autre exaspère. D'accord : t'as qu'à venir à la maison. Je te laisserai celle qui a les quatre sabots, les douze tétines et la queue en tire-bouchon.

[1]. Banane.

– En voilà pour ton compte, dit Raymond, tout heureux que Joues Roses en prenne pour sa valeur.

Mais ce dernier ne s'avoue pas si vite battu :

– La queue en tire-bouchon et tout le reste, je m'en fous, il dit, pourvu qu'elle n'ait pas de battant de cloche à la place du pied !

– Ta mère à quatre pattes dans la cendre ! crache Ary.

Joues Roses est trop content qu'Ary l'insulte. Il se précipite, la main droite levée, prête à frapper. Je le regarde tout droit dans les yeux. Il n'est pas aussi bête qu'il en a l'air, ce tonneau de salé de cochon : il comprend au vol que mes poings brûlent de dire deux petites paroles bien dures à sa grosse gueule bien tendre. Alors, il taque le taquet de sa bouche et va se rasseoir, la queue basse.

Moi qui pensais lui avoir pardonné ! Je sens bien maintenant que j'aurais le plus grand plaisir à faire éclater à coups de poing les deux boudins roses qui lui servent de lèvres, à ce gros salaud.

Mano dit que la sœur d'Ary revient à l'école parce que leur mère, sortie de l'hôpital depuis dix jours, peut à nouveau préparer elle-même le repas, laver le linge et s'occuper des plus petits. Sa sœur revient, et Ary change de place pour lui tourner le dos !

– T'aimes pas ta sœur ? je lui demande.

Ary se renferme :

– Pourquoi je l'aimerais pas ?

– T'as pas peur d'elle, alors ?

– Pourquoi j'aurais peur d'elle ?
– Sais pas, moi. Parce qu'elle pourrait raconter à ta mère que tu fais le con, que tu mets ton pied dans ton assiette par exemple…

Ary se recroqueville de plus en plus et finit par maugréer :

– Elle rapporte rien à maman, elle.
– Mais alors, Ary, pourquoi lui tournes-tu le dos ? Aurais-tu honte d'une si jolie sœur, ou bien honte de toi, de ta goulupiaterie devant elle ?

Lundi 17 septembre

Je ne sais pas pourquoi, mais aujourd'hui encore, ce n'est qu'à la porte de la cantine, quand j'ai vu Yvonne emplir nos assiettes, que je me suis souvenu – bien obligé ! – qu'on était le jour du bœuf. Après tout, ça n'est pas bien grave : avec cette cour d'école sans mur, sans grille, sans même de grillage, je trouverai bien le moyen, avant la cloche des deux heures, d'aller noyer ma faim dans le jus sucré de deux ou trois cannes.

Si, à notre arrivée, mon repas n'était pas déjà tiré de la marmite, j'aurais pris une bonne butte de riz, quelques bonnes cuillerées de pois du Cap, Raymond m'aurait donné un manche de fourchette de pâte de piment – il en a un bon bocal qu'il se serre entre les cuisses quand il mange –, et en avant : je me serais comblé l'estomac jusqu'à ce soir. Mais voilà, on ne se sert pas soi-même, c'est Yvonne qui impose, et pour rien au monde elle ne se priverait du plaisir de me flanquer du bœuf, et moi, pour rien au monde aussi, je ne lui demanderais quoi que ce soit.

Pour servir, Yvonne s'assoit, à la porte de la

cantine, sur un petit tabouret qu'elle a d'abord pris soin d'entourer des trois grosses marmites du manger posées à même le sol. Toujours trois grosses marmites. Et naturellement la première est toujours de riz, ou plutôt de contre-riz, car il est cassé, écrasé, moulu quasiment. Mais comme madame Barbin, la cuisinière, s'esquinte le cadavre à le laver, le relaver, il est presque beau ce riz, sauf qu'il est bourré d'enveloppes et de petits galets : toute la bonne volonté de la vieille ne peut plus rien contre sa vue qui dégringole. La deuxième est de grains : gros pois le lundi, lentilles le mardi et – allez comprendre pourquoi ! – haricots rouges tous les autres jours. Mais, que ce soit les uns ou les autres, madame Barbin, qui vient une fois le temps nous visiter par la fenêtre, les fait bien en sauce, « pour faire couler le riz dans l'estomac », comme elle dit. La troisième, un peu plus petite, avec une oreille un peu ébréchée, c'est celle de la viande : le cari ou le rougail.

Yvonne sert à la louche. D'abord deux louches débordant de riz pour le plus petit des élèves, comme pour le plus grand, c'est-à-dire moi. Puis une louche pleine bord à bord de grains et, en dernier, une demi-louche de cari qu'Yvonne, au lieu de verser comme il se doit en marge du riz, arrose sur toute l'assiettée. La même louche sert pour les trois marmites, qui se dégueulassent ainsi mutuellement.

Avant que nous arrivions, deux filles choisies parmi les plus grandes, et qui viennent en avant-garde de leur école, commencent à disposer les assiettes pleines. Elles posent d'abord les nôtres à nous garçons sur nos tables, et puis celles des filles sur leurs bancs, à cause de la pente de leurs pupitres. Quand arrive l'heure de manger, le repas est déjà tout froid, et la sauce a détrempé le riz. Froid, c'est pas bien grave et le détrempage aussi, quand la sauce est possible. Mais la sauce de bœuf !...

Aujourd'hui, Yvonne, après avoir entassé ses buttes de riz et de viande dans son plat, au lieu de s'asseoir comme d'habitude au bureau pour sa séance de goinfrerie, roule sa méchante graisse jusqu'à notre table à laquelle elle s'accoste. Je comprends bien pourquoi elle est venue, je sens bien qu'il faudrait que je fasse au moins semblant de manger, mais cela est au-dessus de mes forces. Une seule cuiller de cette assiettée à viande de bœuf, et je vomis mes tripes, c'est plus que sûr.

Yvonne avale une bouchée, attend quelques instants, s'essuie les lèvres à la manche de sa robe, et dit :

– J'étais certaine que tu mangerais pas.

– Manmzelle, ma religion...

– Ma religion ! Ma religion ! En attendant, l'emmerdatoire est pour les autres. On finira bien un jour par m'obliger à te donner quelque chose d'espécial !

Yvonne reste plantée devant moi quelques minutes encore. Elle attend sûrement que je lui réponde, si possible insolemment. Mais pas si bête, le Soubaya, pour aller se chercher des désagréments, et pour de la peau de patate en plus !

Yvonne finit par s'en aller. D'exaspération, elle est raide en queue de bœuf. Elle est presque toujours comme ça. Mano dit qu'elle ne désencolère vraiment que lorsque le maire, pendant les campagnes électorales, monte de la ville et vient lui faire danser le séga… dans son lit!

– Tu verrais alors son sourire pendant ces périodes-là! D'une oreille à l'autre! Une vraie tranche de papaye. Comme tu sais, les élections c'est pas tous les jours, alors, le reste du temps, Yvonne, elle a la gueule qui s'allonge en museau de rat musqué.

Il ajoute:

– Dis-lui merde à Gros Tabac!

Les plus vicieux parmi les garçons appellent Yvonne « Gros Tabac » et quelquefois « Tabac Vert » parce que, disent-ils, elle ne met pas de culotte et qu'on voit le tabac de sa grosse entrecuisse quand elle est assise sur son tabouret. « Tabac », je comprends; « gros », c'est l'évidence même; mais « vert »! Pourquoi « vert »? De toute façon, je n'ai jamais vu que la peau de bigarade de l'intérieur de sa jambe, et ça n'est pas faute de reluquer pourtant. Mais peut-être qu'avec leur tête de moins, les autres sont mieux placés que moi pour tirer ce corner. Je n'ai jamais vu le tabac de « Gros Tabac », tant pis, ou tant mieux… et « Gros Tabac » quand même, mais pas pour le lui lancer à la gueule.

– Dis-lui merde! Ça la regarde si tu manges pas? Dis-lui merde!

– T'es pas fou! J'aime bien mon corps, moi!

Hélas, il y en a un qui, sûrement caché dessous la table, a jeté une pierre dans le nid de guêpes:

– Gros Tabac, Gros Tabac! Tabac Vert!

Yvonne me vole dessus. Elle m'empoigne les cheveux :

– Retourne donc en Inde, Malabar-langouti ! Je t'en ferai avaler, moi, du bœuf ! Et les cornes avec !

Elle m'enfonce le visage dans mon assiette. Elle m'écrase dans le riz, dans le cari de bœuf. J'en ai plein la bouche, j'en ai plein le nez, je vais mourir…

Mardi 18 septembre

– Baya ! Baya ! Ton père est arrivé ! Ton père est là ! Il parle à la directrice. Viens vite, Baya ! Venez tous !

C'est la première fois dans cette cantine qu'on ne me crie pas « Malabar », mot que les Blancs remplissent de mépris, et qu'on m'appelle, mieux que par mon prénom, par mon petit nom gâté, que l'un ou l'autre a dû entendre papa prononcer, le jour de la rentrée, quand lui et moi sommes venus m'inscrire à cette maudite école.

C'est vrai, en plus, qu'il est là, papa.

– On ne peut pas laisser faire ça, avait-il, hier au soir, maugréé.

J'avais sauté sur l'occasion :

– Tu viendras essayer de parler à la directrice ?

– On verra, on verra. Mais toi, demain : l'école comme si de rien n'était. Et la cantine ! Et tu manges ! Il n'y aura pas de bœuf, demain : ils ne peuvent pas en donner tous les jours. La viande de bœuf, tu n'y toucheras jamais. Tu entends ! Et « elle », elle te dit ce qu'elle veut, tu ne bronches pas ! Pas d'insolences marmonnées, d'insultes ronchonnées, pas de je ne sais quelle vilaine manière dont tu es trop capable ! Tu m'as compris ?

Mais tu es là, maintenant, papa ! Je suis content de toi. J'avais peur que tu me laisses tomber. Que tu me quittes seul face à ce démon femelle de Gros Tabac... Saloperie de Gros Tabac ! Gros Tabac de Gros Tabac !

Je priais tous les dieux du ciel pour que tu viennes, et j'avais peur en même temps que tu sois obligé de débarquer en vieux vêtements de case. Non pas en déchiré, la guenille n'existe pas à la maison, mais ne serait-ce qu'avec une chemise élimée, râpée aux poignets, tout émoussée à la pointe du col ! Car, hier, ton bon costume était tout taché de boue : la pluie, pour l'enterrement de je ne sais lequel de tes nouveaux amis, a trouvé moyen de tomber à verse en plein cœur de la sécheresse. Mais, aujourd'hui, ton bazin blanc éclate à nouveau de pureté. Qui donc s'est levé la nuit pour le laver, le savonner, le frotter à la rafle de maïs, le tremper, retremper au bleu ? Quel soleil s'est levé dans le noir pour le sécher, ou plutôt, quel carreau vingt fois remis à la braise en a chassé l'eau ? Quel amidon en a, malgré ces mains ankylosées de fatigue, dressé le col ? Tu ne répondrais, papa, à toutes ces questions que par un grognement, je le sais bien. Ou alors tu me demanderais si l'essentiel, pour ce onze heures, n'est pas que ton costume soit net et lisse, droit là où il faut, plissant les vrais plis que l'on doit, et qu'aux pieds ta seule paire de chaussures brille comme graines de longanes ?

Papa tient dans ses mains son chapeau à larges bords. Dans ses mains, bien sûr, la politesse commande à cause de la directrice, et papa, que toujours maman me citait en exemple, sait ce que c'est que l'honnêteté.

La directrice appuie son corps sur un bâton. Elle est maigre à n'avoir rien mangé depuis des mois. Papa, droit comme la dignité des vieux Malabars, explique, tranquillement, calmement. Et la main de la directrice s'arrête de trembler sur sa canne, et ses yeux se mettent à flamber, et sa bouche se contracte de colère. Oh ! Yvonne ! Tu en auras pour ta valeur, Yvonne, pour ta valeur et ton mérite !

Par l'ouverture que les maçons ont enfin percée dans le mur, on ne voit pas Yvonne, mais elle est là, elle aussi : c'est bien vers elle que la directrice tourne de plus en plus fréquemment la tête. C'est bien dessus sa graisse hideuse et mauvaise que monte, monte la colère de la directrice. Une colère glacée : pas de grands gestes, mais un regard de pierre lancée.

La directrice parle. Elle égraine Yvonne, sèchement, durement, mais sans faire crier sa parole, sans même que sa parole s'élève. Yvonne ! Yvonne ! Ce serait te mentir que de ne pas t'avouer ma satisfaction !

Maintenant, la directrice essaie de se diriger vers son appartement. Elle n'est presque plus capable de marcher, alors papa lui prend le bras pour l'aider.

Papa qui prend le bras d'une femme ! C'est bien la première fois que je vois chose pareille ! Le bras d'une femme ! Elle est malade, il est vrai, mais j'en suis sidéré. Comprenez ma surprise, car, avant que maman meure, je n'ai jamais vu mon père, je ne dis pas la serrer contre lui – cela ne se voit qu'au cinéma –, je ne dis pas lui donner le bras, comme le vieux Manoul à sa dame quand il l'emmène à la messe de six heures – seuls les vieux Blancs riches d'avant la grève peuvent faire cela –, je ne dis pas accoster sa chair, mais simplement frôler serait-ce une phalange, un ongle du plus petit de ses doigts, et même sans le faire exprès !

Mon père n'a touché ma mère devant moi que pour l'embrasser avant qu'on ferme le cercueil. Et j'ai bien vu, alors, qu'il pleurait en silence autant que moi.

– Gros Tabac revient ! Gros Tabac revient !

Nous qui nous étions tous, bien évidemment, levés, qui nous serrions comme semis de chou de Chine à quelques mètres des ouvertures, qui allongions nos cous en touffe de bambou, qui avions les yeux et les oreilles grands ouverts pour bien saisir tout ce qui pouvait l'être, nous nous sommes éparpillés en graines de maïs lancées à la volaille, pire, en volaille effrayée par le chat voleur d'œufs. Impossible de faire plus vinaigre que nous, que moi surtout, pour regagner nos places.

Yvonne entre. Elle n'est pas en queue de bœuf comme d'habitude, mais en seau d'oursins, en lame de rasoir ! La quantité de mauvaises paroles que cette baille à saindoux a pu me trouver, et qu'elle m'a gueulées sans jamais me regarder : « J'ai pas peur de leurs sorciers, de leurs magies noires, de leurs diables ! Et même celui qui a je ne sais combien de bras, qu'il vienne ! Je l'attends !... Je me surfous de leur religion de merde ! ».

Et puis aussi : « J'en ai rien à foutre de cette directrice de merde ! J'ai un mur de béton pour m'appuyer les reins ! »

Phrase que Mano n'a pas arrêté de commenter pour lui-même et avec mépris jusqu'à la fin du repas.

Et puis walali, et puis walala ! Une kyrielle de propos méchants ! Une floppée de mots haineux ! Tout, elle a tout craché, tout vomi ! Tout ce qui lui passait à travers le fiel ! Et moi, qui sais qu'elle n'osera plus me toucher, je la laisse pour son très peu de valeur !

Mercredi 19 septembre

La sœur d'Ary n'arrête pas de regarder dans notre direction. Raymond, pour agacer Ary, lui dit que « Cheveux de Volcan » le surveille pour pouvoir ensuite faire la langue tordue auprès des parents. Ary lui réplique que jamais sa sœur n'irait rapporter, que sa sœur l'aime.

Raymond asticote alors Ary sur un autre terrain :

– Un grand clou comme toi n'est même pas capable d'aller seul à l'école, il faut toujours que sa sœur l'accompagne !

– Je suis capable d'aller tout seul à l'école ! Bien sûr que j'en suis capable ! D'abord, quand Lina n'est pas là...

– Oui, mais quand elle est là, tu te pends à son jupon. Hier au soir, par exemple, quand on a attrapé le caméléon avec notre lacs de chiendent, t'aurais bien voulu rester avec nous, hein ? Pourquoi t'es pas resté ? Pourquoi ?

– Parce que Lina...

– Parce que Lina ! Parce que Lina ! Justement ! Qu'est-ce que je disais !

Ary devient rouge comme un piment mûr, et ses

joues doivent brûler tout autant. Heureusement qu'il ne remâche jamais longtemps les mauvaises pensées, Ary. Il demande :
– Vous l'avez fait fumer après ?
– Quoi donc ?
– Le caméléon ?
– Qu'est-ce que tu crois !
– Et il a gonflé ?
– Un ballon de football !
Ary ouvre des yeux en marmite à douze points :
– Et il a éclaté ?
– En belsamine !

Ary en bave de plaisir, d'envie, de regret, tout ensemble. La salive source au coin de sa bouche. Elle dégoutte et les dégoûts viennent tomber dans son assiette... Si Lina voyait ça !

Ne voilà-t-il pas que je l'appelle Lina ! Ne voilà-t-il pas que je souhaite qu'elle n'ait pas honte d'Ary, que je lève la tête dans sa direction, que nos regards se touchent, qu'elle détourne alors vivement la tête, et qu'elle rougit d'un rouge plus rouge que ses cheveux, si rouge que ses taches de rousseur se fondent dans son rougissement.

Soubaya, vieux frère ! Tu te racontes des histoires de Ptit Jean-Grand Diable ! Comment peux-tu savoir qu'elle a rougi, toi qui as baissé le regard plus vite qu'elle n'a détourné le sien ! Après tout, elle n'a peut-être pas du tout envie de croiser ses yeux avec ceux d'un garçon, noir de surcroît et malabar pour achever !

Vendredi 21 septembre

Aujourd'hui, pour la première fois, je suis resté jusqu'à ce que les filles sortent. Pas seulement pour voir Lina plus longtemps, mais pour bien la voir debout, dans la sortie une à une des filles rassasiées, et non dans la bousculade de l'arrivée du troupeau affamé. En général, les garçons, commençant avant, finissent les premiers et abandonnent la place aux filles. J'ai donc lambiné tant que j'ai pu, et suis resté. Je suis resté pour bien la voir et j'ai eu tout mon content…

Quel menteur tu fais, Soubaya ! Oui, tu l'as vue de la tête aux pieds. Oui, tu as pu imaginer ses seins par leur pression sur le tissu de la robe – elle est la seule à en avoir, des seins, des vrais, pas des pêches coulées surmontées d'un grain de riz détrempé à l'eau tiède, mais deux belles mangues José qui ont gonflé comme bourgeons de canne après l'averse ! –, mais pauvre, pauvre Baya ! Misérable Baya ! Quel content as-tu eu alors qu'à moins d'un mètre de toi, quand elle est venue parler à son frère, elle n'a même pas daigné te regarder ! Il faut te faire une raison : tu ne l'intéresses pas ! Mais alors, pourquoi s'est-elle retournée en partant ? Et ça n'est pas les yeux d'Ary qu'elle voulait, qu'elle a eus, avant de détourner la tête !

*

Ce que je ne savais pas, c'est qu'après mon départ, et celui d'Yvonne qui ne manque jamais d'aller siroter un café dans la cuisine de madame Barbin, la goulupiaterie continuait ; que Joues Roses, Adèle Pompon, Mano sans Z'œufs – il a sûrement le ver solitaire, celui-là, pour rester si chétif après ça ! –, qu'Ary aussi, bien sûr, après que Lina soit partie, se gavaient à éclater des dépouilles du manger des autres, de leurs restants, quoi !

Ils se battent presque, les charognards, pour récupérer le morceau de viande laissé par un caprice exceptionnel, la motte de riz, plus ragoûtante, dans les restes, que les grains détachés qui, en plus, sont souvent barbouillés de sauce et ont été quelques fois même tripatouillés à la fourchette !

Les Ary, Joues Roses, Adèle, Mano et les autres volent sur ces restants, se les arrachent, se battent presque pour les avoir, et puis, debout derrière les tables, mais penchés à amener la bouche à l'assiette, s'en baignent le dedans, le dehors, et de s'en vanter en plus, quand les décombres mêmes ont disparu :

– J'ai eu trois assiettes aujourd'hui ! Trois grosses assiettes ! Trois Pitons des Neiges ! exulte Ary.

– Moi, deux. Mais que du riz en boule, hein ! Pas du riz ravagé, réplique Mano.

- À d'autres ! ricane Joues Roses. Je t'ai vu manger le restant de Gilbert Tombe-Crises !
- Et pourquoi pas ? Gilbert c'est pas du monde !
- Bien sûr que c'est du monde, ce qui n'empêche que bientôt, toi aussi…, dit Ary.

Et Ary, le Ary de Lina, avec sa patte infirme et sa grosse tête de jaque, tombe une fausse crise de mal caduc, se débat, se cogne aux tables, et soi-disant épuisé, bave sa prétendue maladie sur les dalles de pierre, et de rire, après, comme un malpropre qu'il est !

Samedi 22 septembre

Elle est restée tout au long du repas le regard plongé dans sa bouffe. Elle se fout pas mal de toi. Mais toi, tu te surfous d'elle ! Qu'importe ce que pense ou qu'éprouve Bronzée sous Moustiquaire ! Si tu n'as pas faim, si tu es triste, pourquoi y serait-elle pour quelque chose, puisqu'elle t'est indifférente !

Par l'ancienne fenêtre, finies les fleurs de canne rose-mauve. Finies tout simplement les cannes que l'on a toutes coupées. Que les grands bras maigres du jaquier qui crève !

Et merde et fiente et gâteau de bouse cuisant au soleil !

Lundi 24 septembre

Tout le temps que je besogne mon pain-beurre, Yvonne tourne alentour de moi. Je ne bouge pas, je retiens ma langue... Ce qu'elle me démange pourtant depuis ce matin ! Je suis de mauvaise humeur parce que – et que m'importe que vous trouviez bizarre ce que je dis ou pense –

JE N'AIME PAS LINA.

Mardi 25 septembre

Lina ne cesse de se retourner vers nous. Au croisement de mes yeux, elle ne baisse même plus les siens, mais hélas – et il n'y a aucun doute là-dessus – ça n'est pas moi qu'elle veut avoir. Je suis sûr, d'ailleurs, qu'elle ne me voit même pas, car, alors qu'on avance dans le repas, Ary n'est pas encore arrivé. Lina est mangée par un tracas que j'aimerais tant faire disparaître, même si, pour elle, je n'existe plus, n'existe pas. Mais qu'y puis-je, hélas ! Les Fins-d'étude-attardés ne sont pas dans ma classe et je ne sais rien de ce que fait son frère en ce moment.

N'empêche, ma gorge s'amarre rien qu'à l'idée que je pourrais lui parler...

Ary n'est pas simplement qu'en retard, il arrive les yeux rouges et les paupières gonflées. Avant même de se mettre à son manger – à quel point cette affaire-là l'emprisonnait donc ? –, avant même de s'asseoir, il tire de ses poches une purée de fleurs, une compote de balsamines ramassées dans le fossé – pas tellement facile avec un battant de cloche ! –, un soso de pieds d'alouettes et d'hibiscus volés dans les cours, une marmelade de petites roses aux feuilles mangées par les chenilles – mais feuille n'est pas fleur, pas vrai ? –, bref, une bouillie qu'il voulait offrir à sa si jolie maîtresse. Bouillie j'ai dit... bouillie sans doute, mais sentant bon, si bon...

La belle sergent-chef n'a pas eu la patience d'attendre qu'Ary s'explique, elle ne lui a pas laissé le temps de sortir son bouquet de ses poches : « Il est en retard, virgule, il arrive suant et tout crotté : au piquet, point final ». Toute la matinée durant, et même dix minutes de plus après la cloche de la cantine, Ary a donc confié sa peine à un coin des murs de sa classe, a hurlé silencieusement sa colère, pleuré toutes les larmes de son corps, juré qu'on ne l'y prendrait plus.

À cette heure, devant son plâtras de pétales, Ary lui-même ne peut s'empêcher de rire. Lina aussi rit, qui est venue jusqu'à nous dans la joie de retrouver son frère. Et moi, moi, je ne laisse pas ma part de rire aux autres. Nous rions ensemble tous les trois. Tous les trois ? Pas vraiment : Lina et moi surtout. Je m'en rends bien compte, et mon sang se dégèle, et mon sang se réchauffe, et je ris plus encore.

Mais, tout à coup, Ary laisse tomber son écrasure de fleurs sur le coin de la table. D'un grand quart de main, il l'envoie se répandre sur le sol. Et lui s'affale sur le bout du banc. Il pleure. Il ne pleure pas : il rit, mais les larmes se dévident par ses yeux. Et puis le rire s'arrête, les larmes, non.

— Pleure pas, Ary, pleure pas ! supplie Lina.
— Je lui en apporterai encore, des fleurs, moi ! Je lui en apporterai encore !
— Laisse-la tomber. Nous ferons un bouquet tout à l'heure pour maman.

Ary renifle :
— Avec des hibiscus ?
— Si tu veux, Rary !
— Rat gris[1], oh ! Rat gris ! se moque Joues Roses qui a osé venir pour le spectacle.

Je le regarde à si gros yeux qu'il préfère se mettre à distance. Elle n'a rien entendu. Heureusement !
— Avec des balsamines aussi ?
— Oui, Rary.
— Des corbeilles d'or ?
— Les corbeilles d'or, c'est pas des fleurs, ça Rary !

S'il y en a encore un qui menace de sourire, je l'épluche de la tête aux pieds.

---

1. Gris, pour un visage, signifie en créole réunionnais : « piqueté de taches de rousseur ».

Mercredi 26 septembre

Yvonne tourne insolemment le dos à « Monsieur », qui, en spartiates et vêtements de la terre, entre, nous apportant un gros régime de bananes du Brésil.

– Marmailles ! C'est peut-être la dernière fois que je vous apporte un petit quelque chose.

Un grand murmure de regret remplit la cantine, couvrant les ricanements d'Yvonne. De penser que nous risquons de ne plus voir Monsieur, à moi aussi, cela me fait de la peine. D'abord un par sa gentillesse, et deux parce qu'il est le mari de celle qui a soulevé sa maladie et tiré son corps si maigre et si lourd pour venir me défendre. Mais elle est obligée d'aller se faire soigner dans des pays du dehors et, bien sûr, il l'accompagne. Tous deux reviendront dès qu'elle sera guérie. Qui donc sait quand ?

Il n'y a pas meilleur que figues du Brésil : au bout de leur goût sucré adoucissant la langue, elles découvrent une légère saveur de citron vert cueilli au bon degré. Il y a deux figues par personne. Pour rien au monde je n'abandonnerais ma part. D'abord parce que j'aime, et aussi pour ne pas laisser croire que je méprise ce que Monsieur nous offre de si bon cœur.

Lina donne les siennes à son frère. Je suis sûr qu'elle adore ces fruits-là. Je suis sûr aussi qu'elle doit trouver le sacrifice bien mince devant la joie qui pétille dans les yeux d'Ary. D'ailleurs, de la voir rire comme elle rit, je me demande bien si sacrifice il y a.

II

Lundi 1er octobre

Aujourd'hui – décision de la nouvelle directrice, car nouvelle directrice il y a – on ne s'assoit pas au manger : « on passe à table » ! Tout d'abord, dès avant notre arrivée, une avant-garde choisie parmi les plus grandes des filles a mis le couvert. Les assiettes – vides ! – sont flanquées d'une fourchette, d'un couteau, et précédées d'une petite timbale qui n'hésite pas à faire la cour à un grand broc d'eau. Cela, du moins, pour les garçons, car les filles, elles, toujours à cause de la pente graissée de leurs pupitres, se serviront le manger à des plats posés sur une petite table supplémentaire, et, pour le boire, elles ont chacune un verre qu'elles posent sur le plat-bord à encrier, mais elles iront non pas comme avant téter la maman-de-l'eau dans la cour, mais se servir à des carafes posées sur le rebord des fenêtres.

Raymond et Mano l'ont vue, la nouvelle directrice, et plus que vue pour Raymond :
– Tout à l'heure, je l'ai reluquée pendant dix

minutes au moins. J'ai demandé à aller pisser, et puis, à la place, je me suis caché derrière le manguier. Elle causait à la cuisinière. Un quart d'heure je l'ai z'yeutée ! Ce qu'elle est belle ! Une jolie bouche ! Un joli nez ! Et les vêtements ! Une robe extra comme les robes des catalogues !... Dieu d'bon Dieu qu'elle est belle !

— Et puis, ajoute Mano, elle est bien blanche.
— Vrai pour vraiment qu'elle est blanche ! Comme du lait !

Ces deux couillons ! Comme si blanche voulait dire jolie ! Si c'était ainsi, alors, du fait qu'elle est cachet de Ganidan, Grosse Yvonne qui est pourtant laide comme le diable, serait la beauté suprême ! La joliesse de Lina, par exemple, c'est le balancement de son corps, la finesse de ses jambes, l'élancement de son cou, son sourire, c'est... En tout cas, rien à voir avec sa blancheur !

À Raymond, à Mano, je pourrais dire qu'ils n'ont jamais regardé certaines filles noires comme il y en a dans les bas. Je pourrais aussi, pour cette histoire de couleur de peau, leur chercher querelle et, pourquoi pas, leur distribuer quelques bons maniocs sur le coin de la gueule. Mais cela en vaudrait-il vraiment la peine ?

Pour l'instant, nous espérons le repas. Je dis « nous », mais comme il y aura forcément du bœuf, un lundi, je n'attends que le moment de désentortiller mon pain beurré. Devant les autres et leurs assiettes vides, je n'ose pas. Pourtant, mon ventre chante le maloya[1] de la fringale, et il n'est pas le seul. À trois mètres, on entend gémir celui d'Ary. Il fait pitié, le pauvre Ary, il est tenaillé dans les tripes et j'ai bien peur que sa bouche ne puisse retenir ses cris longtemps encore. Raymond aussi, quoiqu'il ne soit en rien goulupiat, cède de toute part. Ne parlons pas de Joues Roses et de Mano qui ne peuvent s'empêcher d'aller jusqu'à l'embrasure de la porte pour, en direction du ciel, supplier les dieux de la bouffe. Quant à Adèle, assiette vide dans le creux de la main, elle tourne dans le réfectoire comme cochon d'Inde oublié dans sa cage.

Tout à coup :

– Le manger ! Le manger arrive ! exultent les sentinelles en se précipitant à leurs couverts.

Et vérité vraie qu'il arrive, porté – comme un cadeau de roi – par Yvonne que suivent trois filles de fin d'études. Les gargouillements de l'incertitude et de la faim d'abord reculent devant les soupirs de soulagement puis sont taillés en pièces par les gloussements de joie.

Le repas arrive. Joues Roses en bave. D'Ary, je ne vois que le dos : il est allé accueillir le manger, son manger ! Mais d'un coup de hanche, en passant, Yvonne l'envoie bouler à cinq mètres, puis, fière comme le porteur de verroterie de Savorgnan de Brazza, elle dépose deux plats sur la table la plus proche de l'entrée : la nôtre.

Tout d'abord, nous n'avons vu que le pain. Du pain doré dehors et si blanc dedans ! Car il est tout

---

1. Chant venu du fin fond de l'esclavage. Blues réunionnais.

tranché déjà. Ce pain ! Ce qu'il doit être bon ! Et fondant à la mie ! Et craquant à la croûte ! Déjà le pain est repas fantaisie, celui des riches des villes et encore le dimanche à midi, mais du pain comme celui-là, c'est du gâteau, c'est du dessert ! À côté, le mien fait pitié : il est tout gris ; sûrement trop tendre ou trop dur, comme d'habitude ; encore heureux si je n'y trouve pas un grand fil de goni[1], ou bien pire encore !

En un battement d'œil tout le pain a disparu. Ma part avec. Je la réclame. Ary, presque gentiment – ce qu'il doit m'aimer bien ! – me tend une des trois tranches qu'il se garantissait de la main gauche. Mano, entre deux sentiments, finit par me donner son trop-perçu.

Il est délicieux, ce pain ! Je me régale.

Le sort du pain réglé – il n'en reste bientôt plus qu'un très-peu de miettes et de farine crue qu'Ary, à grands coups de langue, et dans de grands éclats de rire, a balayé au fond du plat, s'en poudrant évidemment de partout comme une vieille pomponnette toute tremblante sous sa véranda rongée par les termites ! –, le sort du pain définitivement réglé, alors le deuxième plat nous frappe le regard. C'est une espèce de Gros Morne[2] fait de cheveux orange, au sommet duquel s'affalent – la fatigue de l'ascension ! – quelques lamelles d'un truc bizarre qui ressemble à un minuscule concombre. Bizarre, bizarre, vraiment ! Mais, bizarre ou pas, Ary s'en sert préci-

---

1. Sac de jute.
2. Le Gros Morne : 2 992 mètres.

pitamment, et trois fois plus que sa part, il s'en enfourne au plus vite une énorme fourchetée qu'il recrache aussitôt :

– Pas bon, il dit au milieu d'une grimace.

Raymond aussi trouve « ça » mauvais. Pour Mano, c'est « sans goût ni sentiment, sûrement un manger de France, d'ailleurs le pain… ».

Je m'en sers un tout petit peu. Mano a raison, ce n'est ni bon ni mauvais : c'est tout plat. Je n'ai jamais mangé de nourriture zorèy[1], mais tous ceux qui y ont goûté disent qu'elle est fade à ne pas savoir. Les épices, c'est pas leur fort ! Ils ne connaissent ni curry, ni safran, ni ail, et jusqu'à ni sel ! Quant au piment, ils en ont une peur bleue, pire que si c'était Grand Loulou, ou encore Grand-Mère Kal, ou bien encore un Grand Diable qui n'aurait pas eu son content de chair fraîche depuis des nuits et des nuits.

La directrice entre. Jolie vraiment la robe ! Très jolie, et pas vilaine la madame qui arbore un grand sourire. Mais le sourire est devenu aigre et la lèvre s'est pincée quand elle s'est aperçue que nous rejetions sa filasse jaune !

– Mais qu'avez-vous donc contre les carottes râpées ? elle a dit, et tellement en pète-sec qu'on en a tous eu la tremblade !

Et le tangage qu'elle a fait, quand – et pas par religion pour les autres – nous avons tous refusé de manger ses biftecks à peine échaudés sur les deux joues. Mano a bien essayé de s'attaquer au sien,

---

1. Nourriture française.

mais le sang qui en a giclé lui a soulevé le cœur et le morceau blessé a regagné sa bande.

La colère de la directrice ! « Elle est venue pas seulement pour nous apprendre à lire ou à compter, mais avant tout à vivre, et tout d'abord à manger ! Il faut que nous sachions enfin ce qu'est une entrée de table, une viande, un légume ! Elle aussi, comme nous, mettait tout ensemble dans son assiette et mangeait dans le désordre, à la va comme je t'enfourne, avant de savoir. Elle en avait porté les conséquences : ça l'avait fait passer pour une sauvage, en France, où on avait ri d'elle. »

– Et puis, si vous voulez le savoir, j'en ai connu, moi aussi, des caris-la-misère : des rougails de saucisses, des bringelles au boucané, et même des bouillons de morue !

Ary ne comprend que peu de chose à ce discours, mais au nom de « rougail de saucisses » il ouvre des yeux grands comme des poêlons. L'évocation de l'aubergine à la viande fumée le fait saliver jusqu'à dans son assiette. Le bouillon de morue – qui ne l'adore, avec ou sans margoze amère ? –, le simple nom de « bouillon de morue » lui est un véritable supplice. Il se plaint faiblement :

– J'ai faim !

J'ai peur que la directrice n'entende, et que, feu dans la paille de canne, elle nous flambe tous ! Mais elle continue :

– J'en ai trop bavé moi-même pour laisser mes compatriotes croupir dans la misère intellectuelle, psychologique et morale !

Qu'est-ce qu'elle veut bien dire par là ? En tout

cas, une chose est sûre, elle n'est pas « européenne » comme nous l'avions tous cru un moment. Mais d'où peut bien venir ce fort accent fait de « ving, bouding et jambong » qui caractérise pourtant les zorèys ?

Mardi 2 octobre

    Mademoiselle la directrice – Raymond dit qu'elle est demoiselle puisqu'elle n'a que des bijoux de caprice aux doigts – Mademoiselle a décidé de nous faire une démonstration de manger : vous, cochons, verrats et truies, porcs, kadines, tioutious, vous qui ne savez que bouffer, bâfrer, goinfrer, vous bourrer, regardez un peu comme le Monde Mange !
    Yvonne lui a mis un couvert au bureau. Elle y est assise, et, nous, nous faisons cercle autour. Plutôt deux demi-cercles, l'un de filles à droite, l'autre de garçons à gauche, avec un bon pare-feu entre les deux. Joues Roses profite de l'entassement pour haler les cheveux de Raymond qui se retourne et profère, entre les crocs, quelque menace de coup de galet à la sortie. La directrice, qui n'écoute qu'elle-même, ou qui fait l'oreille de cochon dans la marmite, explique :
    – La fourchette se tient comme ceci, le couteau comme cela…
    Et même si nous mangeons en malpropres, du moins pour la plupart d'entre nous, ses explications nous sont à tous vexation. Nous seraient, si la faim

ne nous dévorait pas tant l'esprit. Nous n'avons en fait qu'une pensée : qu'elle termine au plus tôt. Bien entendu, malgré son intelligence, ses capacités, ses brevets, ses bachots, elle ne peut comprendre cela. Elle est à sa politesse, son savoir-vivre, ses bonnes manières. Couteau et fourchette en main, elle prend ses poses, fait sa dentelle, met ses moulures, remplit ses pleins et délie ses déliés. Elle mange, mais comme sans envie, parce que quelqu'un d'honnête doit toujours chipoter sur la nourriture :

– Ma serviette, Yvonne ! Vous l'avez oubliée ? Demain sans faute, hein ? Et puisque au fond de tout mal il y a un bien, je vais vous montrer à vous débrouiller sans.

Et, petit doigt levé, elle éponge ses lèvres avec des morceaux de mie de pain. Malgré la fringale nous rions évidemment, mais en catimini, car, si elle nous voyait, nos carottes ne seraient pas que râpées ! Ses morceaux de mie-serviette, elle ne les mange même pas : elle les met dans un coin de son assiette, ce qui fait baver plus d'un !

– À vos places maintenant ! Et mangez ! Et comme il faut, s'il vous plaît !

Nous regagnons nos assiettes et, pour lui montrer que nous avons bien tout saisi de son sermon, nous faisons disparaître le pain en moins d'un.

Ce mardi, comme tous les mardis : sardines en boîte. Mais aujourd'hui il y a du beurre en plus, et pas du beurre Bretel en boîte et tout mou, mais du beurre en morceaux presque durs ! C'est bon ! La directrice est contente comme tout : elle nous voit manger. Sans doute est-ce avec un peu trop d'appétit, mais « ils apprendront, petit à petit, doit-elle penser, à bouder la vraie nourriture tout en s'en délectant ». Soubaya lui souhaite bien du plaisir avec les Mano, Ary, Joues Roses, Adèle et compagnie.

La directrice passe entre les tables. Elle corrige la façon de tenir la fourchette chez l'un, demande à l'autre de calmer sa bouche, puis, triomphante, s'en va. À peine est-elle dehors que la cantine se retrouve : grand déluge de bruit d'abord et puis ça s'empiffre, se goinfre et se bourre. Pire encore que d'habitude.

Je tourne la tête vers Lina. Elle est en train d'imiter la leçon de bonnes manières ! Elle aussi trouve des mines, des poses, des bouches en fondement de volaille, des douceurs de paupière. Tourne pas du cul, mais presque. Le petit doigt levé, elle éponge ses lèvres mais, au lieu de poser son morceau de mie sur le bord de l'assiette, elle se l'envoie avec grâce dans la bouche... qu'elle rate ! Alors elle se met à rire, à rire à gorge déployée, et ses dents éclatent de blancheur et de joie.

Grand-mère aussi a de jolies dents. Et, malgré son âge, aucune ne s'est échappée de sa bouche. C'est qu'elle les brosse longtemps, longtemps, tous les matins, tous les soirs, à la poudre de charbon de bois qu'elle a elle-même écrasé fin, fin, fin. Puis, elle les rince à trois eaux. Le miroir est prêt. Dans le temps, grand-père aurait pu s'y peigner s'il l'avait voulu. Qui me dit d'ailleurs qu'il ne le faisait pas !

Lina ne se brosse sûrement pas les dents au charbon. Aux cœurs de pêcher, peut-être… Ce qu'elle doit sentir bon, sa bouche aux cœurs de pêcher !

Vendredi 5 octobre

Si la nourriture n'est que souvent crue, elle est immanquablement fade : le sel, elle connaît pas, cette directrice, les épices non plus. Bizarre qu'elle soit créole. Et rare vraiment qu'elle nous serve un bon quelque chose, comme les sardines en boîte par exemple. Alors là, rien ne reste dans le plat. La plupart du temps, son « cari de France » caille en place. Non, j'en rajoute, il ne caille pas : nous avons trop faim, surtout ceux qui n'ont rien à se mettre, le soir, dans l'estomac. Nous mangeons. Un peu. Il y a beaucoup de restants pour lesquels personne ne se bat plus. Mano dit qu'Yvonne, elle, est heureuse de tous ces rogatons. Elle a décidé de soigner un cochon avec.

– Et les morceaux de viande ? Qu'est-ce qu'elle en fait, des morceaux de viande ?

– Pourquoi ? Tu crois que les cochons ça mange pas la viande !

– Et si elle les mangeait elle-même, le soir, les restants ?

– Mmm ! Bien possible ! Yvonne, cochonne !

La rime et l'idée sont si drôles que même les

anciens racleurs d'assiettes pouffent, mais il vaut mieux se calmer, de peur que la directrice n'entende, ou, pire, qu'Yvonne comprenne qu'on se moque d'elle, et que, la directrice partie, elle saisisse au collet l'un de nous.

Le pain, lui, n'a jamais le temps de rassir. Ce qu'il est bon, ce pain ! Pour le goût, il tient la balance avec le riz Basmati. Mais hélas, bourré serait-ce du meilleur pain, le ventre ne peut que crier au mensonge : emplir le boujaron, guérir de la faim, c'est l'affaire du riz et de rien d'autre.

De voir que sa bouffe, on ne l'aime pas, cela fait lever les nerfs de la manmzelle, d'autant plus que c'est elle-même qui accommode les plats. Mme Barbin, la cuisinière, ne fait plus qu'éplucher, hacher, piler, puis « tu te mets là et tu regardes », c'est la directrice qui cuisine pour vraiment.

– C'est pour ça que la récréation de dix heures dure si longtemps, dit Raymond. Y'a pas à dire, elle se décarcasse !

– Si tu trouves qu'elle se décarcasse tant, t'as qu'à t'en mettre jusque-là des trucs qu'elle prépare, toi !

– Ah, j'peux pas !

– Tu peux pas, tu peux pas ! Parce que t'as pas faim ! Si vraiment t'avais faim…

Comment « pas faim » ? On a tous l'estomac dans les talons. Des roches on mangerait ! La mère et les petits avec ! Mais ce manger cru et plat…

Joues Roses n'en peut plus. Il n'arrête pas de répéter :

– Il faut qu'on lui dise ! Il faut qu'on lui dise !

– Qu'on lui dise quoi ?
– Je sais pas, moi… quèque chose.
– Quèque chose comme quoi ?
– Quèque chose comme quoi il faut nous donner du manger qu'on est habitués avec !

Lui dire ! Lui dire ! Qui serait assez fou pour se jeter dans le nid de fourmis rouges !

Samedi 6 octobre

– Nous l'a faim, Baise ta Mère !

La voix de Joues Roses résonne dans cette salle immense. À la seconde, Manmzelle se lève en guêpe excédée.

– Qui a vociféré cette insanité ? Qui ? Ah ! le courageux anonyme ! L'enfant de Caïn ! Bientôt le coup de poignard dans le dos, pourquoi pas ?

Elle n'a pas fini sa tirade qu'Yvonne se précipite sur Joues Roses :

– C'est lui, Mademoiselle ! C'est lui : je lui ai vu !

– Alors, c'est donc toi, gros balourd ! Si t'as quelque chose à dire, tu le dis en face.

Joues Roses – alors qu'on pensait tous qu'il allait caponner –, Joues Roses se trouve du cœur et quelques mots qu'il croit être, comme Yvonne avant lui, du français :

– Madame nous a faim !

– Nous a faim ! Nous a faim ! Mais mangez donc, bon Dieu !

– Madame, l'est pas bon !

– C'est bien meilleur que tous vos caris, vos rougails en tout cas... C'est pas bon ! Eh bien, vous n'aurez rien d'autre. Et si vous n'êtes pas contents, vous savez ce qui vous reste à faire.

Et d'un grand geste elle nous montre la porte.

– Ta mère à quatre pattes dans la cendre !

Joues Roses a lancé son insulte en plein dans la figure de la directrice. Et même si elle n'avait pas saisi les paroles, la musique ne pouvait lui échapper, à la demoiselle. Aussi te prend-elle le Joues Roses par l'oreille et c'est lui qu'elle te fait danser, oui !

– Huit jours d'exclusion ! Vous verrez si ma cuisine n'est pas bonne et si l'on peut m'injurier ! Il n'y a pas d'autre amateur ?

Les bonshommes des livres d'images ne sont pas plus muets que nous.

Mardi 9 octobre

Au moment même où nous entrons dans le réfectoire, Joues Roses, en contrebas de la vieille fenêtre haute comme un créneau des châteaux forts des livres, nous appelle. Nous approchons. Joues Roses rit d'une bouche rendue violette par quelques jamblons[1] de contre-saison. Il rit, mais en fait, il n'en peut plus :
– J'ai faim ! Ce que j'ai faim !

Hier, il est resté à la maison, et son père, croyant qu'il voulait se débaucher de l'école, lui a mis un grand sabre à cannes entre les mains. Il lui en a fait couper, et des pleines de fourmis à venin, des bourrées de soies à gratelle, et jusqu'à ce que l'obscurité complète soit entrée ! Alors, aujourd'hui, Joues Roses a fait semblant d'aller en classe, il a erré toute la journée en cherche d'un quelque-chose à manger, n'a trouvé que de la canne, une pauvre poignée de fruits et le voilà, pleurant de faim.

[1]. Fruit de la taille d'une olive.

– Je n'en peux plus, bon Dieu ! Je n'en peux plus !

Mano met deux sardines et quelques tranches de pain sur une assiette qu'il veut tendre à Joues Roses au pied du rempart. Mais son bras est bien trop court.

– Soubaya, il me dit, donne donc ça à Ptite Tonne !

Malgré tout ce que Joues Roses a dit et même fait, je n'hésite pas. Je m'allonge sur la grosse épaisseur du mur, étire l'assiette jusqu'à la main potelée du dénommé Ptite Tonne.

Si la tonne fait presque cent kilos, son nom lui va comme un gant à Ptite Tonne. Il est vrai que celui, que celle, qui le lui a donné – oncle aigri, ou grand-père farceur, ou bien encore maman cachant sa trop grande tendresse – a eu la tâche facile et l'embarras du choix : il, elle, aurait pu tout aussi bien l'appeler « Ptit Tonneau », « Ptite Barrique », « Gros Soso », « Bel Bel » et jusqu'à « Bonhomme Michelin » !

Ptite Tonne n'est pas de ceux qui ne mangent pas le soir. Son père a même un camion à gueule de crapaud qui lui permet de charroyer les cannes des autres, c'est dire s'ils sont riches à sa case. Mais la bouche de Ptite Tonne n'a pas de frein, son ventre pas de fond. Il faut qu'il mâche, croque, cromme, avale, tout le temps.

Le pain-sardine de Mano ne fait pas long feu, heureusement que Lina apporte à nouveau du manger, cadeau des filles. À peine l'ai-je tendu à Joues Roses que Lina me souffle :

– Attention : Yvonne !

C'est vrai qu'elle arrive, Gros Tabac, qui, nous voyant quitter précipitamment la fenêtre, s'y dirige, s'y penche au plus que lui permettent ses débordements de graisse, mais n'y voit que zéro-calebasse-la-fumée : la fenêtre est si haute et le contrebas si profond que Ptite Tonne, qui s'est sûrement collé contre le pied du mur, ne peut être vu malgré ses épaisseurs à lui... N'empêche que, sans Lina, mes gros pois étaient cuits !

Mercredi 10 octobre

Pour nous remercier de la nourriture, du trop-peu, malheureusement, que nous pouvons lui allonger, Ptite Tonne nous fait cadeau d'un camaléon. Un sacré gros mâle tout rouge de colère, dressant une crête d'épines belliqueuse depuis le milieu de la tête jusqu'au bout de la queue. Raymond tient le camaléon – ce qui ne fait que multiplier la fureur de ce dernier – au bout d'une laisse que Ptite Tonne a tressée pour nous en gature de sisal. La belle trouille d'Adèle et de Gilbert mise à part, la cantine n'est qu'exaltation joyeuse : les rires fusent et les idées aussi. Ary voudrait « le » faire fumer, mais personne n'a le moindre mégot ni la moindre allumette. Mano décrète qu'il faut « le » mettre dans un parc qui ne peut être que le tiroir à serviette de la directrice, mais nous avons tout juste le temps de nous débarrasser de notre effraye-maîtresse avant que Grosse Yvonne arrive.

Mamzelle nous redonne une leçon de manger, pourtant le cœur n'y est plus. Vrai de vrai, elle devrait nous laisser, nous les marmailles d'école, pour notre peu de valeur ! Yvonne, au contraire, il n'y a pas de meilleure élève. Il faut la voir mâcher sa langue en découpant la viande du repas, essuyer au pain ses lèvres, ses doigts, ses joues, ses bras, et sa robe même qui reçoit des dégoûts de sauce plus souvent qu'à son tour. Et toujours la serviette en mie de pain finit dans l'immense poubelle de sa bouche !

Lina n'en a pas qu'une à ridiculiser maintenant, elle en a deux et ne s'en prive pas : elle envoie carrément sa moquerie. Elle te lève, maniérée, les petits doigts fins de la main fine ou t'écarte avec lourdeur les saucissons de la paluche de devant. Elle te tapote délicatement les lèvres ou te les torche en souillon. Elle te grimace distingué ou vulgaire…

Bon-Dieu-Seigneur-La-Vierge-Marie ! comme dit Raymond. Pourvu qu'elle ne se fasse pas surprendre par l'embarrateuse ou son nervi !

Vendredi 12 octobre

    Le cadeau de Ptite Tonne, aujourd'hui, c'est un gros jaque. Enfin, gros ! Pas si gros que cela, mais quinze kilos pour le moins. Ptite Tonne l'a enfoncé dans une fourche à soutenir les bananiers à régime trop lourd, il l'a poussé contre le mur jusqu'à ce que je puisse en attraper la queue. J'ai tiré, tiré, et lui, poussé, poussé. Au bout du compte et des efforts, le jaque est là. On le pose sur un pupitre vide à côté de la fenêtre et, malgré la pente, grâce au rugueux de sa peau, il ne glisse pas. D'un grand trait de couteau, j'ouvre le jaque en deux, comme on ouvre un cochon. Immédiatement l'odeur envahit l'immense réfectoire. Immédiatement la cantine se partage en deux camps.

    Il faut vous dire que le jaque ne peut laisser de glace. Il y a ceux qui aiment à la folie et ceux qui détestent à mort. Il y a les « jaquiens » et les « antijaquiens », exactement comme les gros et petits boutiens des *Voyages de Gulliver* que je viens de terminer. Les jaquiens se délectent de son parfum fort et doux, de son moelleux, de son onctueux, de son goût de miel et de galabé[1]. Les jaquiens s'en régalent et s'en imprègnent pour de longs moments de bonheur. Les anti-jaquiens l'accusent d'odeur écœurante, de glisser vers l'estomac comme anguille gluante, de s'incruster et de ne lâcher celui qui a eu le malheur d'y goûter qu'au bout de multiplications d'heures.

Vraiment le jaque ne laisse pas froid, et le monde entier est fait, en parts égales, de jaquiens et d'anti-jaquiens déclarés ou en puissance. La ligne de partage entre les deux camps n'est pas celle de la gloutonnerie : Adèle et Mano sont jaquiens, mais votre serviteur aussi, qui ne pense pas être des plus voraces. Que Gilbert Tombe-Crises, l'épileptique boudant toute nourriture, soit contre, mais Ary !… Dans la bande au goût corrompu : Lina ! Lina ! Les bras m'en tombent !

Je plaisante, mais je me demande – et parce qu'elle a fait la moue devant le jaque – si j'y aurais goûté, sans ce petit geste d'encouragement qu'elle a eu après. Plus exactement si j'aurais eu l'intention de le faire, car, à peine Mano avait-il essuyé à l'aide des feuilles d'un cahier de devoirs journaliers appartenant à je ne sais qui la lymphe laiteuse qui circule dans le corps du jaque de son vivant, qu'Yvonne est entrée dans le réfectoire. Trop tard pour se débarrasser de notre « péché capital ». Nous ne pouvons plus que nous mettre à distance.

---

1. Bonbon fait à partir de sirop de canne.

Yvonne a vu le jaque. Sans rien dire, Yvonne s'approche du jaque. Yvonne arrive au jaque. Elle se tient debout dans le silence du jaque encore fumant, et puis elle te plonge ses pelles mécaniques dans son ventre. Et nous, nous n'osons rien faire, nous n'osons rien dire.

Silence de mort dans la cantine, tandis qu'Yvonne se fait un royal festin.

La bande des anti-jaquiens dégoûtés à dix mètres, notre groupe à nous faisant un cercle envieux et capon autour d'une Yvonne s'en mettant plein la lampe, voilà le tableau qu'a découvert la directrice à son arrivée. À la façon dont elle a dit: «Yvonne! Mais enfin Yvonne!», on a compris qu'elle était anti-jaquienne. Farouchement.

Samedi 13 octobre

Nous avons trouvé un contre-poison aux dangereuses fadasseries de la directrice : le piment. Que ce soit sa bouillie de pommes de terre, ses haricots verts ébouillantés, sa viande cuite à l'eau – pas la crue, que personne n'arrivera jamais à avaler –, grâce au piment, tous ces gâte-bouche finissent par accepter de descendre jusqu'au cabinet en passant par le ventre et sans se venger traîtreusement au passage en plus. Je plaisante, bien sûr : les zorèys ignorent piments boucs et piments cabris, piments fleurs et piments cerises, piments bleus et piments blancs, gros piments et piments nains, et ils ne sont pas malades pour autant. Au contraire, souvent même, ils en deviennent gros comme des tonneaux, gras comme des tangs[1] avant l'hivernage et roses comme des bébés de celluloïd.

Je malparle encore. En fait, je ne vois que peu de critiques à faire à la nourriture de la directrice. Mis à part qu'il n'y a ni sel ni épices, que les légumes ne

1. Tenrec. Animal proche du hérisson. Un des rares hibernants de la Réunion.

sont presque toujours que simplement bouillis, sinon crus, que souvent la viande pisse le sang… il n'y a aucune raison de décrier le manger qu'on nous sert. À part aussi, peut-être, que l'on ne nous donne jamais de riz et que, malgré le pain – grand merci pour sa bonté ! –, notre ventre ne cesse de protester ou de gémir, car, sans riz, l'estomac le plus plein, s'il ne gueule pas au mensonge et à la perfidie, n'a plus qu'à chanter une chanson de calebasse creuse, qui vous résonne à tout casser dans la tête.

Pendant qu'Yvonne et la directrice s'épongent les lèvres, trois bocaux de piment circulent dans le réfectoire. Trois bocaux de pâte bien rouge, riche en ail et gingembre. Trois bons bocaux qui à eux seuls suffiraient à poiquer[1] cruellement tous les mangeurs de manger fade de la terre entière, à brûler au dernier degré leurs bouches tendres et leurs langues fragiles, à emporter leurs pharynx à mayonnaise, leurs pylores à crème, leurs villosités à béchamel.

L'un des trois bocaux m'appartient. Et, quoique ce soit ma propriété et non fourniture de Commune, j'en donne un peu aux autres, évidemment. Mais attention : pas de fourchette à bave dans mon piment ! Un couteau bien propre, à la rigueur un manche de fourchette ou de cuiller…

De temps en temps, la directrice passe entre les tables pour chasser nos vilaines manières : le tient-toujours le broc pendant qu'on boit déjà le premier verre, l'attraper de laitue à la main, et même jusqu'au couper de pommes de terre au couteau ! Dès

---

1. Piquer.

qu'elle s'approche, nous cachons notre piment, nous le fourrons sous la carotte, nous le recouvrons d'une feuille de salade, d'un morceau de viande. Bref, nous garantissons notre petit trésor... et notre tranquillité ! Garde-Chiourme (Garde-Chiourme, car n'est-ce pas travaux forcés que d'être obligés de manger son galimatias ?) Garde-Chiourme n'y voit que du bleu. Elle est jusqu'à contente, ces temps-ci :

– Vous voyez bien que vous commencez à aimer ! Il n'en restera bientôt plus dans les plats. Tant pis pour votre élevage, Yvonne ! Les enfants d'abord, pas vrai ?

Yvonne sourit sa grimace des beaux jours et baragouine :

– Ça n'est rien, Mademoiselle. Ne casse pas la tête. Je m'en débrouillerai autrement.

Mano disait donc le vrai à propos des cochons !

Elle m'a pris, la garde-chiourme en question, alors qu'à la main – à la main, le crime ! – je me mettais un petit morceau de saucisse dans la bouche. Qu'est-ce qu'elle ne m'a pas dit !

Ce qu'il y a d'étonnant avec cette garce, c'est qu'elle est capable de vous salir rien qu'avec des mots bien propres : « goulu », « glouton », « arriéré », « tardigrade » ! Quand elle suppose que vous ne comprenez pas, elle vous fournit et la méchanceté et son explication, que vous fassiez des progrès en

français en même temps. Une pierre deux coups. En tuer sept et blesser quatorze de la même cartouche :
– Tu ne sais pas ce qu'est un tardigrade ? Eh bien, c'est une bête comme toi, attardée comme toi, et en plus, paresseuse ! Tu vois comme ce nom te va bien !

Allez-y, Mademoiselle ! Pas la peine de vous priver. J'ai le dos suffisamment large et mes épaules ne tombent pas si bas ! Faites-moi mal, si vous le pouvez ! Mais je tiens à vous signaler, même si ça n'est que dans mon cœur pour l'instant, que ça ne sera pas tous les jours la fête pour les chipeks-pardon[1] de votre espèce, et qu'on ne me fera pas longtemps encore baisser la tête comme je dois le faire aujourd'hui.

J'ai dit : « Faites-moi mal ! » Mais quel mal pourriez-vous me faire ! Je me fous, me surfous de toutes les insanités que vous pouvez aboyer derrière moi. Depuis des mille et mille ans, nous Tamouls avons toujours mangé comme ça. Quelle malhonnêteté, quelle malpropreté, il y a-t-il là dedans ? « Manger à la main ! Manger à la main ! » dites-vous... tout d'abord nous ne mangeons pas à la main, mais avec les doigts, le bout même des doigts. Car, à la case de grand-mère, si tu en as sali deux phalanges, tu te fais engueuler comme c'est pas possible. Si c'est le doigt entier, lève-toi au plus vite, va te laver les mains et rumine ta faim-valle jusqu'au prochain

1. Mantes religieuses.

repas. Si la paume a été touchée, papa dégrafe son ceinturon, car, visage fermé, grand-mère ne peut tarder à dire :

– Tu donnes donc le droit à cet enfant de me manquer de respect !

Et ceux qui prétendent que nous mangeons à la main, ou que c'est l'affaire de souillons, ceux-là n'ont jamais vu les doigts fins de grand-mère avec ses deux fines bagues d'or préparer de leur dernière phalange la petite boulette de riz, que le pouce fera glisser dans la bouche.

Alors, mademoiselle la directrice et vieille ravauderie ! ne crois pas que ta crache pourra me salir, ou bien même me mouiller ! Elle roule sur moi, comme eau sur feuille de songe[1].

La directrice s'éloigne, je relève le nez, je m'aperçois alors que Lina, de sa place, me regarde. Ne détourne pas les yeux à mon regard, au contraire me sourit. Tristement d'abord, mais elle se trouve un peu gaieté, fait semblant de prendre un morceau de mie de pain, et, petit doigt levé, s'éponge à faux les lèvres. Je souris à mon tour. Elle s'éponge la joue, le nez, le front. Je ris de bon cœur, elle aussi, et tellement que son coude fait branler son assiette qui dévale le long de la pente graissée. La saucisse-purée se retrouve dans le creux de sa robe, et l'assiette, dans un grand carillon de tôle, se met à sauter à cloche-pied sur les dalles de pierre. Elle rapplique, la papangue[2] !

---

1. Le taro, dont la feuille est grasse et imperméable.
2. Oiseau de proie.

Lundi 15 octobre

Ptite Tonne a repris sa place dans la cantine. Ou plutôt il a pris à notre table celle de Joseph qui, pour entasser les cannes que son père coupe, s'absente presque tous les jours. Tout compte fait, je trouve qu'il ne fait pas tellement le vantard, le Ptite Tonne. J'aurais parié le contraire. Pour nous raconter toute son aventure, il a même plus d'humour que de forfanterie.

Ptite Tonne a passé sa « vie active » à manger des cannes et des ventres de sauterelles vertes, à composer des chansons non pas sur la directrice – l'inspiration venait pas –, mais sur Yvonne Tabac Vert. Deux chansons. La première mélange politique et cochonceté :

> *Depuis Saint-Denis jusqu'à*
> *Saint-Pierre*
> *Y'a eu qu'la pipe du maire*
> *Qu'a pu fumer le tabac d'Tabac*
> *Vert.*

Dans la deuxième, la politique laisse la place à cette hygiène dont la maîtresse n'arrête pas de nous astiquer les oreilles :

> *Eh ! Yvonne !*
> *Faut qu'tu savonnes*
> *Ton tabac qui sent le coup d'cogne !*

Ary et Mano rayonnent quand ils entendent ces chansons-là, mais Raymond n'arrête pas de les dénigrer, surtout la deuxième :
– Tu vois pas que les bouts sont pas pareils ! Dans une vraie romance, les fins se retrouvent. Écoute !
Et Raymond de se mettre à chanter pour montrer un exemple :

> *Fiers Gaulois à tête blondeu*
> *Nous marchons tous à la rondeu...*

Il poursuit :
– « Blondeu », « rondeu »... tu vois bien que c'est pareil... Tes romances, c'est pas des vraies : elles ne font qu'imiter les romances ! Et c'est tout !
– Ça finit presque pareil, laisse échapper Ptite Tonne, dépité.
– C'est plus joli que si c'était pareil, pareil même, je dis pour consoler Ptite Tonne.
– Et puis « qui sent le coup d'cogne ! » reprend Raymond. Mais le coup d'cogne n'a pas d'odeur ! T'en as jamais eu, toi, des coups de cogne ? Quelle odeur ça peut avoir ? C'est la pierre que t'as cogné

dedans qui sent ? C'est ton doigt de pied qui saigne ? Un coup d'cogne, ça ne peut avoir que l'odeur du sang, et le sang ne sent rien du tout !

– Moi, j'ai jamais eu de coup de cogne, dit Gilbert tout fier de nous rappeler qu'il a des chaussures, même si ce ne sont que de vieux garonnes[1] de toile bleue.

En fait, seul Gilbert, avec son épilepsie, est assez malade pour devoir mettre ses orteils au bloc.

– Fais-en donc une toi-même ! finit par retourner, tout déconfit, Ptite Tonne à Raymond.

– Il doit être jaloux, Raymond, je dis. Il n'y a pas chant plus gaillard que tes chants !

Voilà donc que je me surprends, pour la deuxième fois aujourd'hui, à réconforter Ptite Tonne. C'est qu'il est assez gentil, pour ne pas se mettre en colère, et puis qu'après tout ses romances ne méritent pas d'être tant dénigrées, surtout que la musique colle impeccable aux paroles. L'air, il le joue aussi sur un tout petit harmonica qui a perdu sa coque et montre ses lamelles toutes tremblantes quand on souffle dedans. Sa musique à gueule, Ptite Tonne ne la sort qu'en cachette, de peur que la directrice – passons pour les gros yeux qu'elle roulerait ! - l'emprisonne dans un de ses tiroirs bouclés à deux cadenas.

Lina a enlevé le nœud de ses cheveux. Il faut la voir repoussant sa coulée de lave pour qu'elle ne vienne pas s'épancher dans son assiette !

1. Tennis.

III

Mardi 16 octobre

Cette nuit : rêve de Lina. Et, dans mon rêve aussi, elle a libéré ses longs cheveux. Une brise douce les soulève, les berce, les baise. Et puis, ça n'est pas la brise pour vraiment, c'est le souffle de ma bouche. C'est mon haleine qui caresse ses cheveux, qui épanouit son front et fait fermer amoureusement ses yeux. Alors ma bouche vient plus près, elle frôle sa bouche, et ses lèvres s'entrouvrent à peine, et mes lèvres s'entrouvrent...

Mais voilà qu'Ary, avec sa patte folle et sa tête de jaque, vient tirer Lina par la robe, s'agripper à elle. Lina se débat, rien à faire : Ary ne lâche pas.

– Laisse-nous donc tranquilles, je crie. Va-t'en !

Je crie, je crie encore. Je veux lui donner des claques dans sa grosse cabèche, lui flanquer des coups de pied dans son battant de cloche. Alors Lina m'appelle « sans cœur », elle m'appelle « méchant ». Elle essaie de protéger Ary de mes coups. Bien entendu c'est elle qui les reçoit. Et ces coups, pourtant sans force aucune, la font pleurer. Lina pleure, elle pleure à me tordre l'âme.

Assis maintenant à cette table trop basse, dans

cette odeur fade de manger plat, au milieu du caquètement de toute cette volaille, je lève constamment la tête pour croiser son regard. « Mon Dieu ! Donne-moi, même à dix mètres de distance, serait-ce trois secondes, donne-moi les yeux de Lina ! »

Mais, elle, elle ne daigne même pas tourner la tête de mon côté. Qu'est-ce qui lui arrive ? Et qu'est-ce qui prend Adèle Pompon, sa voisine, pour lui bourrer tant et tant de coups de coude dans les côtes et me regarder en pouffant ?

Je crois comprendre, mais si Lina me fait l'injure de rire, elle ne me verra plus jamais… Merci, mon Dieu, elle ne rit pas ! Grand merci, elle se lève, et, rouge de colère, prend son assiette pour aller s'asseoir à une autre table.

Mercredi 17 octobre

– Mange, Baya !

Raymond ne m'appelle plus que par mon petit nom. Je ne suis pourtant pas sûr qu'il m'aime bien, Raymond.

– Mange donc !

– C'est pas bon.

– Avec une grosse motte de piment, ça peut pas ne pas descendre.

– J'ai pas faim.

Alors quelle idée lui passe par la tête, à Raymond, de me mettre en boîte !

– Baya n'a pas d'appétit. Baya ne tient pas la grande forme. Baya a sûrement les vers. Il faut le dire à maman qui préparera une bonne purge à Baya.

– Eh, oh ! laisse ma mère tranquille et fous-moi la paix !

Je ne lui en veux pas, à Raymond, de mêler ma mère à sa moquerie : il ne peut pas savoir que je ne l'ai plus depuis longtemps. Peut-être après tout plaisante-t-il ? Mais de toute façon, il faut qu'il casse son bavardage : je n'ai pas le cœur à supporter quoi que ce soit.

Raymond se tasse sur sa chaise et boude. Je pense :

« Fais du boudin tant que tu veux. Ce n'est pas moi qui le mangerai ! »

Depuis qu'elle fait la femme avec ses grands cheveux lâches, Lina n'a plus de cœur : elle ne jette même plus un regard à son frère.

Vendredi 19 octobre

Se cachant derrière sa main, Gilbert Tombe-Crises confie aux autres que sa mère est allée à la ville, qu'elle en a profité pour porter plainte à l'inspecteur de ce que le manger n'est pas bon. Les Joues Roses, Tête Jaque, Sans Z'œufs et compagnie en restent baba : l'inspecteur ! Tu te rends compte ! Du coup, le Tombe-Crises, d'habitude si morne qu'ils ne le voient même pas, arrête leurs regards. Il est vrai que la vantardise réussit non à le faire briller – ce serait exagéré –, mais à le rendre moins pâle :

– Vous verrez si ça va pas changer ! L'inspecteur a promis à maman. Vous verrez !

– Ça va revenir comme avant ? questionne Ptite Tonne que cette seule idée suffit à faire baver comme un verrat devant son auge bourrée d'eaux grasses.

Que ça revienne ou non, qu'est-ce que cela peut bien faire ? L'envie de partir me submerge, en crue de ravine. Partir, partir, quitter cette école de fin fond de champ de cannes, abandonner ce bled de pattes-jaunes si fiers de leur prétendue blancheur ! Et cette Lina dont je n'ai que faire !

Samedi 20 octobre

Au moment où nous nous asseyons, mon peigne tout neuf s'échappe de la poche au cul de mes culottes courtes et tombe sur le pavage de la cantine. Raymond le ramasse. Il est stupéfait :
– T'as un peigne !

J'ai un peigne. Eh oui, j'ai un peigne ! Je dois bien être le seul dans cette école à avoir un peigne, et en plus : ces vingt dents de bakélite, je ne les ai que depuis hier au soir. Ils en sont tous sidérés. À la fois par mon peigne et par mon silence à son propos :
– T'as un peigne et tu le dis pas !!!
– Il fallait que je me vante, hein ! Forcément : les Malabars sont tous des vantards ! Dites-le, que les Malabars sont des vantards !

Ils m'énervent tous tant que j'en ai assez ! Et s'il y en a un qui, parce que j'ai un peigne, parle de coquetterie, d'amour et d'amoureux… il regrettera le jour de sa naissance !

Lundi 22 octobre

Pour le manger, on revient au temps d'avant, excepté qu'Yvonne n'emplit pas nos assiettes et que riz, grains et cari sont servis dans des plats séparés que les grandes posent, pour les garçons sur leurs tables, pour les filles sur le bureau de la maîtresse.

Quand je dis « les grandes », on pourrait tout de suite penser à Lina, car les autres ne font ni la taille ni l'âge auprès d'elle. Mais, pour une raison que j'ignore, Yvonne ne la choisit jamais.

Lina, Lina, Lina ! Mais tu n'as donc que ce nom à la bouche ! Tu n'as rien d'autre à quoi penser ? Regarde plutôt le Gilbert, qui, se croyant l'auteur du changement survenu, n'arrête pas de se gonfler comme un dindon. Admire Mano et Ptite Tonne riant en grenade mûre à point. Étonne-toi du Ary qui ne prend même pas le temps d'être heureux. Se goinfre-t-il ? Non : les morceaux lui galopent tout seuls dans la bouche, s'éboulent d'eux-mêmes dans son estomac. Et Grosse Yvonne qui se remet à se bourrer la panse, et sans s'essuyer les lèvres, s'il vous plaît !

Dis-moi, Soubaya ! Ta mauvaise foi serait-elle

sans limites ? Devrait-elle s'éponger au riz, puisqu'il n'y a plus de pain ?

Mais voilà que Lina recommence à tourner la tête vers nous. Elle a sûrement honte de voir Ary bâfrer comme à un jour de rentrée. Et moi, moi qui devrais être jaloux de ne pas avoir dans son cœur au moins la place de son frère, moi qui, il y a dix minutes à peine, me serais bien payé la tête, la grosse tête de ce goulupiat d'Ary, j'ai honte de la même honte qu'elle. Je dis :

– Doucement, Ary ! Doucement ! Ton manger va quand même pas s'envoler !

J'ai la trouille malgré tout qu'un des autres n'ait entendu et ne me goguenarde du nom de « grand beau-frère ». Mais rien : les autres ne m'écoutent pas. Ils n'écoutent que leur ventre. Ary aussi. Comment pourrais-je, discrètement, attirer son attention ? Moi qui déteste tant qu'on me tripote, je ne poserais quand même pas la main sur sa chair ! Je touche donc son bras du manche de ma fourchette. Ary lève la tête.

– Mange pas trop vite !

Ma parole lui coupe la mastication. Il me regarde, se remet à mâcher lentement pour ne pas me désobéir, reluque le morceau de viande de bœuf que j'ai laissé dans le plat, suspecte alors Ptite Tonne des yeux, puis Mano, puis Raymond qui, pourtant, laisse son appétit à la case, envisage même Gilbert Tombe Crises, le dégoûté des dégoûtés... Il tourne enfin un visage affolé vers moi. Ce qu'Ary veut dire est tellement évident, et il fait tellement pitié, Ary, que j'accoste le plat de viande à mon assiette :

— Je t'en donnerai la moitié, si tu manges pas trop vite.

Joie, joie, joie de ma grosse tête de jaque !

D'après ce que je peux voir de ma place, Lina ne mange pas plus que moi.

Ils ont même donné du dessert aujourd'hui ! Une banane par personne. Tous ces enfants de paysans ne connaissent, matin et soir, soir et matin, que la banane en cette saison. Mais celles-ci sont toutes tachetées de mûr. Elles halent la bouche. Ils sont contents. Je donne la mienne à Ary, qui redouble de joie.

Au moment de regagner son école, Lina fait un détour, passe derrière son frère :
— Tiens, c'est pour toi.
Elle voit la deuxième banane qu'Ary garde précieusement sous la main, alors qu'il termine la première, elle me regarde, me sourit. Quel remerciement ce sourire ! Oh ! plus qu'un simple remerciement : un cadeau ! Un retour ! Il est si chargé de promesses que je m'attendrais à ce qu'elle dise :
— Puisque Ary en a déjà deux, celle-là, toi et moi, on la partage !

Oh ! Lina !

Mardi 23 octobre

 Je ne sais pas comment je ferai, mais je trouverai du courage à propos de la banane que nous aurions pu, hier, partager. Je trouverai du courage, et je lui dirai :
 — Elle était bonne, tu peux pas savoir comment !
 — T'aurais préféré la manger tout seul ?
 — Ç'aurait été moins bon !
 Elle deviendra rouge, rouge comme flamboyant, rouge comme letchi mûr. Elle dira dans un brouillard, et même que ses lèvres trembleront :
 — Pour moi aussi, ça aurait été moins bon !
 Quelle effrontée, ma Lina ! Car je sens bien que, toute rouge sans nul doute, et tremblante peut-être, elle est tout à fait capable de dire cela.

Vendredi 26 octobre

J'ai faim, si faim, car je suis sûr, si sûr que Lina m'aime. Mon ventre gargouille d'appels au manger, il chante à tue-tête la bonne chanson de l'appétit, il exulte le beau séga de la faim bientôt assouvie ! Des vertes et des mûres, ma grand-mère en salade – malgré tout le respect que je lui dois – je mangerais.

Et Lina qui plaisante, qui éponge ses lèvres avec une imagination de bout de pain, puisque le vrai a disparu de nos tables, Lina qui me regarde ouvertement, sans se soucier de l'Adèle Pompon et des autres. Lina qui rit. Et moi je ris de la voir rire et tout simplement de joie. Et puis je mange, je mange, je mange ! Ai-je décidé de battre Ary, ou bien quoi ?

Pour la banane, j'ai pas osé. Mais intelligente comme elle est, Lina a sûrement compris sans que je lui dise.

Au tableau que l'élève de service n'a pas effacé :

DEMAIN SAMEDI 27 OCTOBRE
VISITE MÉDICALE.

Samedi 27 octobre

Oh ! miracle ! Il y a de la volaille au menu de ce samedi ! J'adore. Mais Lina, que j'ai entrevue tout à l'heure, n'est pas encore là : elle attend sûrement son tour de visite médicale, et je ne mangerai pas sans elle.

Le réfectoire s'emplit peu à peu d'un vacarme fait d'assiettes qui se choquent, de couteaux et fourchettes qui tombent, de verres s'entrecognant, et aussi, bien entendu, d'éclats de rires et de voix. Ces bruits, habituels, sont aujourd'hui – conséquence du joyeux bouillonnement de la visite médicale et du repas extraordinaire – multipliés par des dix et des cents. Les propos de nourriture et les propos de docteur n'arrêtent pas de se croiser ! Personne n'a jamais vu pareil repas à la cantine ! Et personne n'a jamais vu de médecin à l'école – ou ailleurs ! –, mis à part Gilbert Tombe-Crises, et encore !

– Vous avez réussi à souffler dans le tuyau, vous ? demande Ptite Tonne.

– Qu'est-ce que tu crois ! répond Raymond.

– À moi, le docteur il a dit : il a du coffre ce petit gros !

Dans ce pays de décharnés, Ptite Tonne ne peut qu'être fier de sa graisse qu'il porte comme le Roi-Soleil ses habits d'apparat.

– C'est bon, s'extasie Joseph qui par hasard est présent.

– C'est parce que les élections arrivent bientôt que le maire nous fait donner du bon manger comme ça, dit Raymond tout heureux de la bonne combine qui, malgré les grognements de Mano, n'existe, probablement, que dans son imagination.

– À vous aussi le docteur a enfoncé ses doigts dans les graines ?

Dès qu'on parle de graines – de couilles, quoi ! – Mano se fait petit petit, se recroqueville, se rencoquille, ne mange plus, fait semblant, n'est même plus capable de faire semblant. Il a une trouille bleue qu'on se souvienne que lui n'en a pas, et d'être, une fois de plus, la risée des camarades. Aujourd'hui, miraculeusement, il passe à travers les mailles de leur moquerie.

– Bien entendu qu'il a fait ça ! retourne Raymond, et il a dit : « Toussez, toussez ! »

Et Raymond, « hum, hunhum », les doigts enfoncés dans des graines imaginaires plus hautes que lui, essaie vainement de se trouver un peu de toux.

– Sais pas où il fourre ses doigts chez les filles ? demande Ptite Tonne en riant.

– Sûrement où tu sais !

– Pas vrai !

S'il a fait ça à Lina !...

Je m'imagine Lina, ma Lina, au fond de la détresse, Lina pleurant toutes les larmes de son corps.

– Viens, Lina, viens ! je dis. Viens ! Pose ta tête sur mon épaule. Laisse-la retomber dans le creux de mon cou, et laisse-moi te caresser doucement, tendrement.

J'embrasse ses joues rousselées, j'embrasse chaque tache de rousseur – et Dieu sait s'il y en a ! Je lui caresse l'oreille et derrière l'oreille. Je lui caresse ses cheveux roux. Elle se serre contre moi, se colle à moi, et puis brusquement me repousse : elle a honte. Je voudrais la rapprocher, me rapprocher. Elle refuse dans son désespoir :

– Comment pourrais-je, un jour, te regarder en face ? elle me dit au milieu des sanglots.

Mais voici que Lina entre en compagnie d'Ary. Elle est radieuse. « Il » ne lui a rien fait. Tant mieux pour « lui » ! Lina rayonne de partout. Sa joie est si grande qu'il faut qu'elle la partage avec moi. Et comme elle ne peut me parler directement, elle le fait à Mithé, une petite nouvelle presque brunette. Elle le fait donc à Mithé, mais très fort pour que j'entende : le docteur voudrait qu'on fasse opérer Ary. Avec une bonne chaussure à semelle épaisse et deux étais amarrés sur la cuisse, il galopera comme un cheval débridé.

– Tu es content ? demande (redemande probablement) Lina.

Content, bien sûr qu'il l'est, Ary. Mais il a faim, tellement faim ! Et il n'y a plus que du riz et un fond de sauce : la volaille proprement dite a pris ses ailes à son cou. Il serait plus content, disons même, pour être franc, qu'il ne serait pas malheureux comme il est s'il lui restait un bon morceau : une contre-hanche grasse et tendre, un gésier bien ferme, du sang cuit au riz, ou bien rien que le bout d'un croupion ! Mais, hélas, calebasse vide, et pour lui et pour moi qui ai choisi d'attendre. Et moi, je ne supporte pas, même si je n'ai pas faim – ce qui n'est pas le cas aujourd'hui – qu'on me vole ma part. Je glace des yeux les empiffreurs-voleurs. Mano, pour se dégager, accuse :

– C'est pas moi, c'est Ptite Tonne !

Raymond en ajoute encore dans le plateau qui penche déjà fort contre Joues Roses :

– Il en a pris plusieurs fois de suite. Il fait des couches dans son assiette : cari et puis riz, cari et puis riz. Cari dessous, cari dessus !

Et c'est vrai que dans l'assiette de Ptite Tonne, à côté d'un tas d'os relichés, une cuisse en or commence à pointer de dessous le riz blanc.

– Je croyais qu'Ary venait pas ! Tiens, Ary !

Il tend son assiette au moment où Lina s'amène avec sa propre part de viande.

– C'est passé de mode de manger les restants, elle dit sèchement, puis, se radoucissant : Voilà pour toi, Ary !

Bonheur d'Ary dont les yeux, malgré tout, se tournent, interrogateurs, vers la part volée. Son hésitation ne dure que quelques secondes : pour Ptite

Tonne, la phrase de Lina fait de lui le propriétaire légitime de cette viande, et il se l'engloutit en moins d'un. Ary empiffre alors la sienne : les regrets ne renaîtront qu'après.

Si je pouvais, je lui demanderais à Lina :
– Qu'est-ce que tu vas manger, toi, maintenant ?
– Et toi-même ? elle répondrait.
– Te tracasse pas, il me reste la sauce.
– À moi aussi, il me reste la sauce.
Elle éclaterait de rire, et moi avec !

Elle est bonne cette sauce ! Elle fait bien descendre le riz. À l'autre bout de la table, Mano se fiche ouvertement de Ptite Tonne. Je tends une oreille discrète :
– T'as eu la tremblade, hein !
– Qui ? Moi ? Quelle tremblade ? Pourquoi la tremblade ? Pour qui la tremblade ?
Mano baisse un peu la voix :
– Tu sais bien pour qui ! « Il » n'a fait que dresser sa moustache et ton cul s'est mis à moudre de peur.
Sa moustache ! Je vérifie en tâtant : je sens un bon duvet déjà au bout de mes doigts. J'essaie – imaginez donc ! – de me regarder dans la cuiller des haricots que je lèche à fond ! Ce soir, je prendrai la glace que papa serre dans l'armoire et, si j'ai du courage, je lui volerai une minute son vieux rasoir à main.

Dessert ! Encore dessert ! Tant mieux dessert ! Des gâteaux s'il vous plaît : brioches, cornets de crème, pâtés de viande ! ... Ptite Tonne se précipite. Je casse tout net son élan :

– Doucement, camarade ! Le tien est engagé !

Et je tends à Ary le pâté que Ptite Tonne allait prendre. Mon glouton de voleur ramasse lentement la main. Sa bouche aussi se ramasse et la figure se ferme. Ary, lui, éclate de joie : il prend ses gâteaux et se les avale sans reprendre haleine. D'autres mains s'allongent, la pâtisserie disparaît. Reste ma part : un joli « chemin de fer » avec du sucre rouge tout autour. Je la laisse là, dans le plat, à portée de bouche de Ptite Tonne qui salive amèrement tant qu'il peut. Je pense très fort :

« Bave, mon cochon, bave ! Et rage tout ce que tu sais contre ce Soubaya de malheur ! »

Je vois bien que les larmes s'accumulent au bord de l'œil de Ptite Tonne. Je ne bouge pas, et puis au moment où les digues vont lâcher :

– Va, bourre-toi !

Il vole sur le gâteau. J'ai presque un regret : il est rose à se délecter, ce « chemin de fer »... Oh ! je n'en crèverai pas !

– T'es un trop bon bougre, Soubaya ! je me dis.

– Eh oh ! quel bon bougre ? Si on enlevait de toi le soi-disant bon bougre, qu'est-ce qu'il te resterait ? Avoue plutôt que tu as été trop heureux de montrer à la chèvre que c'est encore la corde au cou qui commande. Et tu n'as pas payé bien cher ce plaisir. Va, tu n'es qu'un salaud !

Mardi 30 octobre

Dans le grand vacarme des fourchettes et couteaux, le papotage – en général la bouche pleine – va toujours bon train. Le sujet principal en est aujourd'hui la bouffe. Essentiellement du pourquoi. Je résume :

Gilbert Tombe-Crises : Merci à Gilbert ! Grand merci à la maman de Gilbert ! C'est bien grâce à eux si le vrai manger est revenu, si l'on a du dessert.

Raymond : Merci ! Et pourquoi merci ! Je vous l'ai déjà dit : le temps des élections arrive. C'est pour ça, rien que pour ça, que nous avons de la bonne nourriture, du dessert et tout le reste. C'est un type futé, le maire ! Vous verrez, il regagnera sûrement.

Mano : (Grognements incompréhensibles).

Voilà le genre de bêtises que les autres racontent. Moi, mes idées sont avec Lina, pour Lina, par Lina. Le reste, en parlant sans respect : ma première piquette[1] à pissat !

1. Alèze.

Aujourd'hui – pourquoi davantage aujourd'hui ? – ses cheveux rouges me halent. Oh ! ma gardienne de volcans ! Ta chevelure a ramassé l'ardeur des coulées ! Elle est fontaine de lave, elle est champ de feu. Je veux y brûler mes doigts, y flamber mon cœur. Elle est herbe rose à la pointe du jour, elle est champ de cannes en fleur dans le soleil couchant. Je veux m'y rouler, m'y baigner, m'y cacher.

Mercredi 31 octobre

Lina dans mes yeux, Lina dans ma tête, Lina dans mon cœur, Lina au tréfonds de moi. Lina... Mais demain : vacances, et moi pour qui cette école est prison, bagne, le Poulo-Condor que racontent les anciens de l'Indochine, moi qui passe mon temps à lire en cachette pour m'en évader, voilà que l'idée de ces quelques jours de permission m'est véritable torture.

Quatre jours de vacances ! Comme si jeudis et dimanches ne suffisaient pas déjà ! Quatre jours sans Lina ! Quatre jours qui seront, à n'en pas douter, longs comme des jours sans riz !

Déjà, en temps d'école, tu ne peux la voir que pendant la pauvre demi-heure du repas. Le matin, même si tu te réveilles aussi tôt que possible, avec la toilette qu'il n'est pas question de saboter, le riz à manger – papa est là qui surveille et gare si tu te précipites ou t'en prives –, le lait de la chèvre à tirer, à porter jusqu'à chez la vieille Manoul qui se soigne avec – ah ! celle-là, et son chien qui gueule, sans que personne ne vienne ! –, et forcément te voilà déjà en retard. Cours si tu veux, vole si tu peux : l'école des filles est entrée depuis des quarts d'heure quand tu arrives, et le petit détour que tu fais devant malgré tout ne sert plus à rien : Tu n'as pas ta Lina !

Le soir, on nous impose, à nous garçons, je ne sais combien de classe en plus. Ou plutôt on lâche les filles – sûrement pour arranger des maîtresses qui habitent la ville ! – avec je ne sais combien d'avance. De toute façon, elles sont déjà loin, les filles, quand on veut bien nous libérer. Lina aussi, quoiqu'elle ne parte jamais sans Ary, mais Garde-Chiourme, car c'est elle maintenant la maîtresse des Fin-d'études-attardés, cette garce de Garde-Chiourme est trop contente de se débarrasser au plus tôt de n'importe lequel de ses « grands dadais », comme elle dit. Quand trois heures et demie sont sur le point de sonner, d'un grand broc d'eau versé sur sa grosse tête, elle réveille elle-même Ary et, avant que les autres aient fini de rire, mon bonhomme est déjà, trempé en chien mouillé jusqu'à la ceinture – la table a protégé le reste –, devant l'entrée de l'école à attendre Lina.

Cette cantine est donc devenue ma bouée de sauvetage, mon huile camphrée, mon oxygène ! Même si je ne peux y voir mon aimée – oui, j'ai dit « mon aimée ». Mais comment voulez-vous que je l'appelle ? Y a-t-il plus aimée que mon aimée, plus chérie que ma gâtée, plus adorée que mon amour ! – même donc si je ne peux y voir mon aimée qu'à dix mètres de distance, entre la grosse tête d'Ary qui cache aux trois quarts la vue et la figure triste et blême de Gilbert Tombe-Crises.

Au début, de crainte qu'ils ne se moquent, je n'osais la regarder. Maintenant je le fais non pas mon content malgré tout, mais quatre, cinq fois pendant le temps d'un repas. Peu m'importe que les autres – pourquoi se priveraient-ils ? – se moquent quand j'ai le dos tourné ! La seule chose qui me compte est qu'ils n'ont jamais eu le culot de me lancer à la figure serait-ce la plus petite des allusions.
Il arrive que ma Lina et moi levions la tête ensemble, que nos regards se touchent. Alors ma chair se glace, mon sang bout, mes yeux s'embrument, ma bouche rit. Ces suppléments d'elle, je les appelle mes « plus ». Ils me sont tellement bons ces « plus » de Lina que, après, je les compte et les recompte. Par jour elle m'en offre souvent trois, quelquefois deux, rarement un seul. Mais quand même cet unique plus, le sourire qu'elle m'a souri quand nos yeux se sont caressés ! Il me transporte, il m'enlève, et pour cette vie et pour les vies à venir.

Lundi 5 novembre

Énorme joie de retrouver Lina. Et cinq « plus » à me mettre sous la dent du rêve.

Mercredi 7 novembre

La directrice, depuis le camouflet qu'elle a reçu de ses chefs ou du maire – va savoir ? – doit se forcer pour faire un détour par le réfectoire. Elle ne dit plus rien, grogne un semblant de réponse au bonjour d'Yvonne, jette un regard mauvais sur nous et ressort.

Mais aujourd'hui – qu'est-ce qui lui prend ? – elle s'attarde, passe entre les tables, s'arrête ici et là-bas, et jusqu'à, pique une fourchette dans un petit morceau de rougail-saucisse, puis ouvre la bouche grande, grande, grande, retrousse les lèvres autant qu'elle peut, pour ne pas en salir le rouge, et, comme avec des pincettes, prend le morceau de viande entre les dents. Le visage impassible, elle se met à mâcher lentement. Yvonne débarque avec ses gros seins, son cul volumineux, ses manières énormes :

– C'est bon, Madame, hein ?

Madame en question – qui est une demoiselle par le fait – avale d'abord et puis grimace :

– Comme peut l'être un cari de misère !

Encore ! Mais en quelle quantité l'argent

s'égraine-t-il donc dans ses poches pour qu'elle dénigre ainsi un aussi bon manger !

En parlant de directrice, cette nuit j'ai rêvé qu'on en changeait encore. La nouvelle nouvelle voulait absolument que filles et garçons mangent vraiment ensemble, du moins aux mêmes tables. La gêne des autres faisait plaisir à voir ! Les filles ne s'asseyaient que par une demi-joue de fesse sur le bout du bout du banc. Les garçons devenaient rouges comme oiseau-cardinal, mais pour l'allure, avec leurs ailes fermées et leurs cous rentrés dans les épaules, ils ressemblaient plutôt à des petites volailles traînant une immense pépie.

Au milieu de tout ça, Lina tranquille, heureuse, même pas effrontée. Lina poussant Ary sur le côté pour pouvoir s'asseoir juste en face de moi, me prenant les mains, longtemps, longtemps, me regardant au fond des yeux…

Au fait, quelle peut bien être la couleur des yeux de Lina ? Pardonne-moi, ma Lina, si je l'ignore. Des miens mêmes, il y a si peu de temps, je ne connaissais pas…

On dit toujours que les yeux des roux sont bleus. S'ils le sont, les yeux de Lina, ils ne peuvent être que bleu de Bassin Bleu : bleu profond, bleu de boule de bleu : bon à blanchir le cœur et frais à faire faner la fièvre. Mais peut-être sont-ils verts ? Verts comme miel vert, verts comme « l'eau sans grenouille » des histoires que grand-mère raconte. Un vert doux comme pousse nouvelle ! Et noirs ? S'ils étaient noirs en graines de longanes, noirs comme je sais maintenant que les miens sont ?

Et pourquoi pas marron ? Non, ils ne sont pas marron : c'est trop commun les yeux marron…

Vendredi 9 novembre

    Ils sont marron. Les yeux de Lina sont marron ! Mais d'un marron clair comme graine de pistachier, marron rare, marron beau, marron magnifique !
    Elle était venue, soi-disant, se pencher à l'oreille d'Ary. Quand ses yeux se sont levés vers moi, j'ai essayé de tout saisir d'eux : ils sont marron avec des éclats d'or !

Lundi 12 novembre

　　Lina joyeuse, Lina heureuse, Lina éclatant de rire pour un oui, pour un non, pour tout, pour rien : un autre docteur a fait une radio du pied d'Ary. Lui aussi pense que l'opération est possible, qu'il faut la faire bientôt, qu'on la fera bientôt.

　　Le rire de Lina ! À quoi puis-je le comparer ? Aux graines de maïs que l'on distribue à la volée ? À la cascade du lendemain d'averse ?...

　　Ce rire m'emplit tout entier. Je n'ai plus faim.

Mardi 13 novembre

Aujourd'hui, la sardine en boîte a été remplacée par... de la langouste !!! Les hauts-fonds des « Kerguelen » ont beau être à deux pas de chez nous, mais quand même !
— Les élections ! Les élections ! n'arrête pas d'exulter Raymond. Quel type ce maire !
— Moi, j'aime les élections, répond Ptite Tonne, la bouche débordant de cette bouffe magnifique. Grâce aux élections, on a du bon manger.

Et moi, qu'elle soit bonne ou pas la nourriture... Ne dis pas ça, Soubaya ! De penser à Lina, rien qu'à Lina, de l'aimer si fort, ça ne t'empêche pas d'en manger de la langouste, et même de trouver ça fichtrement bon !

Samedi 5 décembre

Les fameuses langoustes ! Combien de temps t'ont-elles cloué au lit, toujours tout seul, puisque sans jamais voir Lina ! Mais sous quel prétexte, et comment aurait-elle pu venir jusqu'à toi !

Sans jamais la voir, peut-être, mais tu l'avais toujours en toi. Elle se promenait même dans ta tête, y marchait de long en large, s'arrêtait de temps en temps, s'asseyait ici, s'allongeait là, et puis, fatiguée de si peu d'espace, s'échappait à travers tes yeux en écartant les cils.

Elle danse sur ton front, elle avance en équilibre, bras écartés sur l'arête de ton nez. Elle s'assoit sur tes narines, et toi, toi, tu t'enivres d'elle. Elle sent si bon ! Pas de ces parfums enfermés dans les fioles, mais du sent bon du libre, du large. Ses pieds sont imprégnés de la senteur acidulée du petit trèfle[1], ses jambes de la douceur de l'anis. Ses cheveux embaument le romarin des cours et la fleur d'oranger.

Elle avance jusqu'à ta bouche que tu entrouvres

1. Oxallis.

pour la laisser rentrer en toi. Tu t'imagines qu'en passant – la connais-tu si mal ? – elle te caressera les lèvres. Mais d'un saut elle les franchit pour se mettre à jouer à la marelle sur tes dents. Tu fermes la bouche du plus vite que tu peux pour essayer d'attraper ne serait-ce que son pied, car tu sais maintenant qu'elle va se sauver, qu'elle ne peut que se sauver. Et tu ne gobes que le vent : elle a plongé dans ton cou. Elle rampe sur ta poitrine. Elle se glisse dans le duvet de ton aisselle. Et cela te chatouille. Et, bien sûr, tu ris aux éclats ! Tu ris, tu ris !

– T'as déliré deux jours entiers, dit papa. Tu ne faisais que rire. Tu ne peux pas t'imaginer comment j'en étais inquiet !
– T'aurais quand même pas préféré que je pleure ?
– Franchement, oui ! Je croyais que mon fils était devenu fou... Et, plus tracassant que cela...
– Quoi donc ?
– Ton grand-père, vois-tu, sur son lit de mort, racontait une de ses bêtises habituelles, histoire inventée par lui – l'insolent ! – de saint Joseph, le saint Joseph des catholiques, en pagne le soir de Noël. Éclate de rire, et paf... casse sa cuiller à tirer le riz. Direction : hôtel des Vers de terre !... Tu t'imagines, maintenant, si je pouvais être heureux de ton rire !

C'est la première fois qu'il me parle de la mort, papa. Et drôle de façon vraiment pour me raconter celle de son père ! Mais peut-on s'attendre à mieux, quand on meurt en riant ?

Pas si tôt la fièvre tombée, le mal te prend au ventre. Et puis la fièvre à nouveau. Et puis je ne sais quoi d'autre... Maintenant tu es guéri, mais faible encore. Et même si tu es debout, presque en ordre, le matin, le soir tu seras à ramasser en brassée de cannes coupées. Mais il fallait à tout prix que tu viennes à l'école aujourd'hui : tu n'en pouvais plus d'être privé d'elle.

Elle est maigre, elle aussi, ma Lina. Maigre en chat sauvage, maigre en esclave marronne. Tout le monde pourtant ne cesse de me répéter que j'ai été le seul à être malade, que les langoustes n'y sont pour rien, que c'est dans mon ventre à moi que je dois chercher la cause de mes déboires de santé.

Mais qu'est-ce qui arrive donc à Lina ? Heureusement que sa maigreur ne l'empêche pas de sourire, de me sourire. Elle plaisante même en essuyant pour semblant ses lèvres à une imaginaire mie de pain. Elle rit de bonheur, et moi je suis heureux.

À l'heure où elle quitte son banc pour regagner l'école des filles, j'ai enfin la clé du mystère : le bas de sa vieille robe de mousseline lui frôle maintenant la pomme du genou. Elle a profité de ce que j'étais malade pour prendre la pousse comme après pluie d'orage, et je suis sûr que ses seins... Oh ! Soubaya, tu n'as donc que cochonnerie en tête !

Lundi 7 décembre

Avant d'aller s'asseoir à son manger, Lina vient porter un petit paquet à son frère. Elle lui parle à l'oreille. Et même si elle lui supplie le secret en s'en allant («surtout rien à personne, hein!») ce qu'elle dit n'est pas malaisé à deviner: à peine est-elle partie qu'Ary déchire l'emballage de papier journal et m'allonge quatre grosses gousses de tamarin bien acides comme je les aime. Mais où donc a-t-elle déniché du tamarin ici, dans les hauts? Et comment sait-elle qu'à nous, Tamouls, rien ne peut faire davantage plaisir? Et que, même, nous ne pouvons nous passer de ce fruit qui, pour les autres, n'est après tout qu'un petit amuse-gueule?

Papa raconte souvent cette histoire de l'arrière-grand-père qui, ayant quitté l'Inde pour s'engager dans la canne à la Réunion, a fait, au moment où le bateau allait larguer l'ancre – et après un mois entier de voyage! – un scandale inouï:
— Capitaine, on s'en va! On fout le camp! On retourne!

– Foutre le camp ! Retourner !
– On nous a roulés ! Je viens juste d'apprendre qu'il n'y a pas trace de tamarin dans ce maudit pays !

Depuis, nous, Malabars, en avons planté ici. Heureusement ! Il n'y a rien de meilleur pour refaire une bouche défaite par la maladie. C'est sûrement à ça qu'elle a pensé, Lina.

Mardi 8 décembre

Aujourd'hui, deux sujets d'étonnement.

Le premier : letchis au dessert ! Des letchis bien rouges, bien sucrés, exhalant un appel de bébêtes-l'argent[1] et de mouches à miel. Des letchis ! Qui aurait pu s'imaginer cela !

Le second : Ary. Avec un tel dessert, je m'attendais forcément à ce qu'il se bourre, à ce que moi, Soubaya, je sois constamment obligé de manœuvrer l'enrayage :
— Mange pas trop vite ! Personne n'osera toucher à ta part ! Et puis Lina te regarde !...
Bref, l'éternel sermonnage qui me met mal à l'aise et que je déteste. Mais, au lieu de cela, Ary prend avec respect un de ses letchis ; de son ongle, délicatement pour ne pas déchirer le voile si fragile autour de la chair, il détache le rugueux rouge de la

---

1. Cétoines.

peau. Il en fait un petit œuf, d'abord d'un blanc immaculé puis qui brunit rapidement à l'air :
— Regarde, Baya ! Regarde ! J'ai réussi ! J'ai réussi !
Et il éclate de rire. Autre letchi, autre œuf, autre éclat de joie ! Et lentement, patiemment, consciencieusement, il fabrique sa couvée de poule du Japon qui vire vite à la caille de Chine. Gilbert lui-même a déjà tout mangé, et depuis longtemps Ptite Tonne fait ronfler la toupie faite de la graine de son dernier, quand Ary, comme à regret, goûte à son pre.
Sapristi d'Ary !

Lina passe à côté de nous en faisant sauter deux letchis jumelés dans sa main droite. Je suis sûr que si cela lui était possible, sa bouche me dirait, et d'ailleurs ses yeux déjà me disent :
— On fait philippine ?
J'en aurais le cœur qui cognerait dans le dos :
— Et pour quand donc ?
— Pour le jour de la rentrée de mars.
— Si loin !
— T'as peur d'oublier ?
— Qui ? Moi oublier ?
Nous détacherions les deux letchis l'un de l'autre, chacun prendrait le sien. Et, faute de pouvoir faire autrement, nous nous séparerions nous aussi... Je ne penserais pas à demander pour quel enjeu ce philippine. D'ailleurs, elle non plus ! Celui qui perdra donnera à l'autre ce qu'il voudra.

Si c'est moi qui perds, qu'offrirai-je à Lina ? Je n'ai pas un franc, même pas un quatre-sous... Oh ! je trouverai bien un petit quelque chose à lui donner en cadeau ! Tiens : une violette que je ferai sécher entre les pages d'un gros livre et que je collerai dans le coin d'un papier bien propre sur lequel j'écrirai, j'écrirai...

Tu n'écriras rien de ta vilaine écriture. Le parfum de la violette lui dira mieux que toi tes sentiments, grand couillon !

Mercredi 9 décembre

J'ai osé caresser Lina et Lina m'a caressé, et pourtant ne me reste au bout du compte qu'un goût de fiel dans la bouche.

Nous étions assis à nos places respectives. Lina se tenait le lobe de l'oreille, comme elle le fait souvent. Je profite de son premier regard pour me prendre mon oreille à moi, ou plutôt pour la frôler légèrement. Mais mon oreille est la sienne, et c'est Lina, bien entendu que je caresse. Lina ne s'y trompe pas, devient toute rouge de plaisir. Immédiatement, ce plaisir, elle me le rend au centuple et de la même façon : elle porte les doigts à son visage, ma main suit son geste, et c'est elle, alors, qui baigne de joie mes joues, mon front, mon cou. C'est bon, si bon que j'en ferme les yeux !

Mon tour, à nouveau, de la caresser. Si j'osais, je lui prendrais les seins… Mais vas-y ! Vas-y donc ! Non, tu ne pourras pas, tu n'oseras pas. Mais rien que d'y penser, le feu se met à ta figure, et le sang te monte au corps… Oh ! Soubaya, si pas les seins, alors les bras, les épaules ! Je descends ma main en fixant Lina. Mais – pourquoi, mon Dieu ? Pourquoi ? – elle plonge le regard dans son repas qu'elle se met à tripoter du bout de sa fourchette. Elle relève enfin les yeux, me regarde, et puis – que cela me torture ! – fait semblant de s'éponger les lèvres à la mie de pain, avant de m'abandonner définitivement.

Vendredi 11 décembre

Lina m'a caressé ! Elle m'a caressé le cou ! Dix secondes, cinq secondes, quatre, peut-être. Mais c'est elle, elle qui en a pris l'initiative. J'exulte, j'explose ! Comment puis-je me retenir de gueuler de joie ?

Samedi 12 décembre

Lina m'aime ! Comment ai-je pu, certains jours, en douter ? Elle m'aime ! Tout me le dit, me le crie. Depuis hier j'ai passé des heures à tourner, à retourner toutes mes idées d'elle dans ma tête : elle m'aime, elle m'aime, elle m'aime !

Cette certitude m'emplit de joie, mais, de voir Ptite Tonne jouer avec la toupie qu'il a retrouvée dans le butin de ses poches, la tristesse me submerge. Il y a trois jours à peine, les letchis – avant tout par le rêve du philippine – me rendaient heureux. Maintenant, ils me fourgonnent au fin fond de l'âme : letchis c'est vacances, et vacances plus de Lina ! Deux mois, deux longs enfers, puisque je ne la verrai pas, ne l'entendrai pas, ne la toucherai pas comme je la touche : en semblant, mais si vrai que j'en tremble rien que d'y penser.

Deux mois, car il est évident qu'ils m'obligeront à passer les vacances chez grand-mère, à je ne sais combien de kilomètres, d'heures, d'argent, d'empêchements d'ici. J'adore grand-mère et pourtant l'idée de la voir m'est âcre et fiel. Si je pouvais me cacher, me terrer quelque part, et pourquoi pas comme un tenrec dans son terrier, et pourquoi pas entre les racines des rosiers du jardin même de Lina ?

Cette idée n'est que rêvasserie. Elle te fait plus de mal que de bien. Tellement de mal ! Elle te rend triste à mourir. Lina aussi doit couler dans la tristesse… Voilà justement qu'arrivent les rangs de l'école des filles, et voilà que Lina entre, mais riant comme une folle. Avec Adèle, en plus ! Elle a le cœur à rire et s'égalise avec une Adèle Pompon !

Lina rit. Son rire est écharde de bambou dans ma chair, il est aiguillon de guêpe dans mon âme, bouillon-poison dans mon sang ! Alors que je n'attendais que son regard, elle passe à côté de moi sans même dévier la tête. Si c'était de toi en plus que ces deux-là se moquaient ?

Et dire que j'étais prêt à tout abandonner pour elle, à tout affronter, à désobéir à tout, et déjà à l'injonction si souvent répétée par grand-mère :

– Quand l'heure viendra de m'en ramener une, je ne veux pas d'« yeux bleus » à la maison.

Tranquillise-toi, grand-mère : tu n'auras pas d'« yeux bleus », comme tu appelles toutes les étrangères à notre race, et surtout pas de gardienne de volcan aux cheveux brûlés par la lave.

– Kakaka, rit encore cette espèce de petite poule rousse, sûrement de voir son maïs fin moulu !

Va, ris ! Mais ris donc encore ! J'ai le dos large… et le ventre plein à ras-bord, même si je n'ai rien mangé. Et puis, merde ! Je fous le camp !

Je me lève si brusquement que je manque de renverser la table à tréteaux. Je m'enfuis à capoter le

plat que Mano tient à la main et le Gilbert tout entier qui est allé remplir son broc au canal de la cour. La directrice entre au moment où je passe la porte :
— Eh, dites ! Où allez-vous, vous, là ?

Celle-là, qu'elle aille se faire foutre !

Dehors, dehors ! Je suis dehors ! Enfin dehors !

Lundi 14 décembre

Maudite cantine de maudite école ! Et malgré tout m'y revoilà ! Pourquoi faire ? Pour me faire éclabousser de nourriture par trois goulus, me faire chier en face d'un Tombe-Crises triste à mourir et emmerder par les ragots d'un cancaneur de profession. Et l'autre qui, dans une minute, entrera en caquetant comme, comme... Ah ! Qu'on ne me parle plus de celle-là, et qu'elle cesse de me rebattre l'esprit !

Ary s'est servi un piton de riz, de la viande tant et plus, de la sauce à noyer le tout. Ma part entière est dans son assiette. J'aurais le droit de me fâcher : pour quelle raison engraisserais-je les vices du frère de Bronzée sous Moustiquaire ?

Mais quelle colère pourrais-je avoir contre Ary ? Encore s'il ressemblait à sa sœur ! Mais, mis à part les taches rousses de son visage, rien en lui ne rappelle Lina, surtout pas sa tête trop lourde pour son cou trop frêle, ni son pied « noundi », encore moins son peu d'intelligence... Je n'ai donc pas de colère, pas même de pitié : je l'envie ! Je voudrais être Ary, taper dans mon manger à pleine fourchette, bouche contente et cœur clair. Je pense :

« Va, mange, Ary ! Mange ! J'espère pour toi que tu n'auras jamais le malheur de te laisser prendre aux filles ! »

Elles entrent. Je baisse la tête et regarde mon assiette vide, vide comme mon cœur.

– Baya, oh ! Baya !

Ary m'appelle. Quel appel ! Un murmure étouffé par la honte et le secret ! Ce doit être important, une fois qu'il a même avalé sa bouchée avant de m'appeler. Je sens qu'il me tend quelque chose sous la table :

– J'ai oublié de te donner ça, hier.

Ça, c'est une toute petite enveloppe en papier de cahier.

Des lettres ! Elle m'envoie des lettres ! Oh ! Lina ! Et qu'est-ce que je vois au niveau de la collure sûrement faite au grain de riz écrasé ?

F.P.M.B.

D'où tient-elle ce fameux « Fermé Par Mille Baisers » des amoureux ? Pardonne-moi, Lina ! Pardonne-moi ! Oh ! que je t'aime !

Ma lettre, je la cache au plus vite. Mais faites, tous les dieux du ciel et de la terre, que le temps vole, que je me retrouve seul derrière le manguier du fond de la cour et puisse enfin l'ouvrir !

Mardi 15 décembre

La « lettre » de Lina m'est joie et supplice. Dans l'enveloppe, une simple violette séchée – la même idée que moi ! – qui devrait m'assurer de son amour. Mais j'ai lu trop vite le F.P.M.B. dont la dernière lettre a été transformée après coup en G, et qui commence ces mots en caractères minuscules, presque invisibles :

fermé par mille grains de riz.

Si elle ne m'aime pas, pourquoi la violette ? Si elle m'aime, pourquoi ce fichant goguenard sur l'enveloppe ?

Mercredi 16 décembre

Elle se moque de moi, c'est sûr. Mais je ne suis pas bétail que l'on mène au pâturage par le mors. Je l'oublie, point final. Elle n'existe pas, elle n'a jamais existé…

Ce qui se passe pour le repas est, de beaucoup, plus intéressant : par exemple, ces multiplications de bouffe en pillage ! Aujourd'hui deux caris au lieu d'un, et du riz en déluge ! Les langues d'Ary, Ptite Tonne, Mano, Adèle ne suffisent plus pour tout éponger : il y en a trop, beaucoup trop. Des tonnages de restants se bombent dans les assiettes. Grosse Yvonne en ricane de joie ! En catimini, je le fais remarquer à Mano qui me retourne :

– Tu oublies que le maire a commencé ses réunions électorales dans son lit ! Pas dégoûté, le vieux salaud !

Ary avale à grande bouche. Encore, encore, encore ! J'essaie – va savoir pourquoi ? – de le calmer, de l'obliger à d'abord manger un peu de patience. Rien à faire. Heureusement, petit à petit, la force d'empiffrer se tasse, diminue, tombe. Ary n'en peut plus de se bourrer : il est plein à craquer.

Hélas, il craque justement, il éclate en sanglots. De grosses larmes se mettent à lui cascader par les yeux. Lina se précipite, vole, arrive, et puis essaie de calmer, de consoler, de comprendre :

— Rary, Rary, qu'est-ce qui t'arrive ?
— J'ai plus faim !
— Et alors, mon Rary ?
— Il reste tant et tant de bon manger...

Ricanements des autres, et malheur de Lina ! J'en ai les larmes aux yeux.

Vendredi 18 décembre

Raymond revient sur hier et voudrait recommencer à se moquer d'Ary. Heureusement que Gilbert prévient :
— Baya t'entend, espèce de clou !
La parole de Raymond sèche dans sa bouche, ce qui donne à Ptite Tonne toute place pour faire son matamore pourfendeur de nourriture :
— Sept assiettes buttées, j'ai mangé. Sept ! Et j'avais encore du vide dans l'estomac ! Tout j'aurais fini, tout, et plus que cela si cette saloperie de Gros Tabac n'était pas venue me chasser !
Et il se met à gueuler :
— Mon ventre n'a pas de fond ! Mon ventre n'a pas de fond !

Lina est triste. Est-ce pour hier ? Pour la scène d'hier ? Peut-être m'en veut-elle ? Et pourtant, j'ai tout fait pour calmer son frère : ça n'est quand même pas ma faute si Ary, à force de ne connaître que du pas-grand-chose, le soir, à leur case, a une faim-valle qui lui ronge le dedans de la tête !

Elle lève les yeux dans ma direction. Malgré moi, j'éponge vivement mes lèvres : notre signal d'avant. D'avant ce mal qu'elle m'a fait. Comment réagira-t-elle ? J'en palpite à mort. Mais, oh ! Dieu ! Lina me sourit. Elle me sourit un sourire triste en me montrant le tableau d'un petit mouvement de tête :

> *Vive les vacances*
> *À bas la pénitence*
> *Tous les cahiers au feu*
> *La maîtresse au milieu*

C'est donc pour ça ! Rien que pour ça ! Mon cœur carillonne une joie indicible, mais ça n'est que pour mieux et plus vite se serrer. Mes yeux s'embuent : les grandes vacances, cette immensité de temps sans nous voir, cette infinité de jours où je serai mort pour elle et elle morte pour moi ! Une telle injustice n'est pas Dieu possible ! Et si Dieu existait... il faut que je parle à Lina. Il le faut absolument.

IV

Vendredi 2 mars

J'ai les mains moites, les lèvres sèches, la tête en feu, le cœur qui frappe à tout casser : j'attends Lina. J'imagine que ça doit être comme ça quand on se donne rendez-vous. Mais notre rendez-vous à nous aura lieu dans cette cantine, devant tout le monde, et elle ne me dira pas un mot, et je ne lui dirai pas un mot. Mais un seul regard échangé, après ces deux mois d'absence, nous sera plus doux que les baisers des autres.

Arrive donc, Lina ! Fais vite ! Dépêche-toi !

Lina ne vient pas, pas plus que les autres filles. Mais où sont donc passés les rangs de leur fichue école ? Cela fait un temps infini que nous, garçons, sommes déjà là, et elles... Ah ! Mon sang se met à bouillir quand je pense que la maîtresse a probablement arrêté « ses petites donzelles » pour pouvoir, plantée en plein milieu du chemin, se tailler une bavette avec la vieille Manoul, le curé ou quelque autre vazaha[1] du village ! Elle a le temps des autres à perdre, la vieille macaque !

1. Grosse légume.

Viens Lina ! Viens donc ! Viens vite ! Viens tout de suite !

Mais si Lina ne venait pas, ne venait plus jamais ! Si, pendant ces vacances, elle s'était attachée à quelqu'un d'autre ? Si, à la nuit tombante – car dans ces hauts-là, combien parmi les grandes filles de décembre sont devenues les petites femmes de janvier ? –, elle avait répondu aux grognements de convoitise d'un de ces habitants de champs de cannes et s'était couchée pour lui dans le sillon !

Oh ! Lina ! Lina ! M'aurais-tu fait ça ?

Et si, un accident... un clou rouillé, le tétanos... Non, Ary qui est là, lui, me le dirait. Il ne se serait pas servi ce monceau de nourriture que déjà il attaque à bouche effrénée. Il n'aurait pas... Il n'aurait pas ! Ce serait compter sans ces deux mois qu'il a passés à se bourrer de bananes, jour pour jour et continuellement.

Ary s'empiffre comme jamais, et moi j'ai envie de lui demander, lui poser des questions, savoir, savoir... En vérité, j'ai aussi la trouille de savoir. Je ne demande pas.

Mais elle s'est perdue, cette fichue école des filles !

Ary se gave, comme on gave les... Le rang des filles arrive ! Je me dresse de tout mon long pour voir si Lina... Lina ! Où est Lina ? Enfin je la vois ! Si ça n'était que de moi, je crierais son nom, je me précipiterais vers elle, je la prendrais dans mes bras, l'embrasserais devant tout le monde, l'entraînerais aux yeux de tous.

Mais tu ne peux pas le faire, tu ne dois pas le faire. Comment peux-tu même imaginer une chose pareille ! Que penserait-on de toi ? Que dirait-on d'elle ? Quelle force malgré tout te soulève ? Te soulève, t'entraîne, te fait faire un pas, deux pas, trois pas vers elle. Malgré ce brouillard à couper au couteau, tu la vois maintenant devant toi, à un mètre de toi, figée autant que tu l'es. Le cœur te bat le dos à le défoncer, tes lèvres balbutient des paroles inaudibles, tes mains tremblent, tu as froid, tu es bien, tu es heureux.

Combien de temps a duré votre enchantement ? Quelques secondes ? Plusieurs siècles ? Qui peut faire la différence ? Et que serait-il advenu de vous si la directrice n'avait, dès son entrée, réclamé le silence en frappant dans ses mains, et si, alors, Yvonne, en se reculant, ne t'avait pas bousculé ?

Samedi 3 mars

Plus dures que ces vacances, oh ! Lina, ma Lina ! Sans toi, loin de toi, sans même la plus petite nouvelle venue de toi ! Avec le rêve de toi, sans doute, mais aussi toutes ces mauvaises pensées qui m'ont torturé l'esprit !

Tout d'abord de rancœur contre papa qui, en m'obligeant à partir avec tous ces jours d'avance m'a empêché de te parler, de t'adresser pour la première fois la parole ! Et puis ces idées de paille sèche que tu aurais pu partager avec quelqu'un d'autre. Et puis, grand-mère sans pitié, alors qu'elle est souvent si bonne, sans compréhension, alors qu'elle a tout compris. Car elle a tout compris – mais comment faire aussi pour ne pas parler haut de toi pendant le sommeil ?

Je lui en voudrai longtemps à grand-mère ! Ses sourires entendus ! Ses paroles à double tranchant ! et même un jour :

– Soubaya, viens donc un peu ici, que je te

raconte une histoire de ton grand-père dans son jeune temps. Viens ! Viens donc ! Assieds-toi là.

« Tu sais que grand-père a passé sa jeunesse dans une habitation des hauts de Sainte-Rose. En ce temps-là, sa tête, à la place de feutre, n'avait jamais connu que la paille tressée, ses pieds ne fréquentaient pas le cuir mais la terre toute nue, lui n'avait jamais vu la ville, par contre la mer oui, souvent... quand il grimpait aux arbres pour dénicher les becs-roses.

De rire, grand-mère, de rire. Et moi je fais semblant, me demandant avec anxiété vers quel gouffre elle se dispose à m'entraîner.

« Un dadais, ton grand-père, un nigaud ! Mais grand dadais, immense nigaud ! Costaud, musclé, fort ! Et il tombe amoureux. Oh ! pas de moi, d'une petite sotte !... Bref, il en devient tellement fou qu'il vole une bourrique et son milord. Et le voilà qui court faire les démarches indispensables pour se marier – rien de moins ! Pas de mairie à Sainte-Rose, ce premier tas de maisons qu'il voyait de ses pitons. Alors, il fonce à crever la bourrique jusqu'à Saint-Benoît : vingt kilomètres de plus, quelle importance ! Il fonce !

« Il arrive à Saint-Benoît échevelé, empoussiéré, fourbu, heureux ! Cherche la mairie, la trouve et le bon employé, qui veut bien – mon amoureux ne connaissait pas son âge ! – fouiller, refouiller dans ses livres. Pas la moindre trace de Krishna Caroupoullé dans celui des vingt et un ans. Celui des vingt-deux ne vaut guère plus qu'une jarre à trésor...

sans trésor. De même celui des vingt, de même celui des dix-neuf.

« Il avait quatorze ans et demi.

« Sais-tu ce qu'a fait l'employé ? Il lui a tendu un quatre-sous, une grosse pièce de laiton, à huit coins s'il te plaît ! et percé d'un beau trou au milieu : Va, mon vieux, va ! il lui a dit. Va t'acheter un petit joujou. Tiens : une toupie par exemple, ou bien des bonbons piments, bref, un quelque chose de ton âge, et ne viens plus m'embêter avant sept ou huit ans ! »

Elle éclate de rire, la rosse, et moi, le volcan me consume les joues. Je bafouille :

– C'est pour me raconter ça que tu m'as appelé, grand-mère ?

– Pour ça, rien que pour ça. Pour te faire rire un peu. Mais j'ai l'impression qu'aujourd'hui ça ne te dit rien ! J'y pense, tu n'aurais pas besoin d'un tout petit peu d'argent ? Je ne suis pas riche, mais une pièce ou deux... Ça fait bien longtemps que je ne t'ai rien donné.

Oh ! Lina, je ne te dis pas ma rage, et le dépit de devoir mettre une pierre dessus !

*

Depuis hier, ma Lina si belle met en valeur une robe neuve, de mousseline rose comme l'ancienne. Un parent s'est sûrement marié dans les bons remous du paiement de la canne, et la mère a été obligée – heureuse obligation ! – d'acheter de la toile et de faire faire un vêtement neuf à sa grande fille. Les pensées raisonnables n'ont probablement que peu terni leur joie, car de mousseline ou non, si on coupe dans son bas une grande laize – laize bien bonne à faire une jupe à peine trop courte pour la plus petite –, en deux coups de ciseaux et deux heures d'ourlet, robe de cortège devient tout à fait convenable robe d'école.

Le neuf de la robe neuve montre combien la vieille était décatie, râpée, égrainée. Ce qu'ils doivent tirer le diable par la queue, à la maison ! Pauvres à l'extrême, ils le sont, c'est l'évidence, et la faim doit bien souvent ronger Lina par en dedans. Mais ça n'est pas pour ça qu'elle gloutonne quand, comme ces jours-ci, la nourriture revient. Elle prend son temps, arrondit ses jolies manières, décolle pas le petit doigt, mais presque ! Si ses parents sont comme elle, d'où peuvent alors bien venir les grosses façons d'Ary ?

Pour l'heure, il commence à m'énerver celui-là. Sa grand-mère en salade, il avalerait ! Je n'arrête pas de le piquer des mots les plus durs : macache ! En bout de patience, je finis par dire :

– Mange pas comme ça : tu vas faire pleurer Lina !

Il s'arrête de mâcher, baisse sa fourchette, se tourne pour regarder sa sœur. Et voilà que les larmes lui montent aux yeux ! Sa bouche, qui se tord sur le côté, commence à dégouliner le riz.

– Pleure pas ! Mange, mange ! Fais pas le couillon ! Lina te voit même pas !

Mille fois mieux qu'il se goinfre plutôt que de le voir dans cet état !

Lundi 5 mars

Il se met à pleuvoir alors que Lina et les filles ne sont pas encore arrivées. D'abord quelques grosses gouttes éparpillées en avant-garde, puis qui se serrent les rangs, et le flot tout de suite après. Le temps qui, depuis tout à l'heure, s'amassait en gros nuages noirs se libère maintenant de toute l'eau entassée. Tout à coup le tonnerre ! Des grondements féroces, des craquements de ciel inouïs, des fracas à faire trembler la charpente, à égrainer l'ail dans la cendre du foyer, à ébrancher l'arbre à pain.

Et pourtant notre cantine est un bouillonnement de gaieté, un estomac d'enfant où les vers s'ébattent dans la joie d'une demi-calebasse de lait tiède et sucré. Les visages se fendent d'un large sourire. Les rires aussi éclatent, recouverts par l'orage. Les plaisanteries jaillissent :

– Le vieux, crie Raymond en montrant le ciel, le vieux moud son maïs au moulin de pierre !

– Quel moulin, quel maïs ! retourne Mano. Il n'arrête pas de péter, oui !

Et l'insolent d'ajouter :

– L'odeur va pas tarder.

La gaieté emplit donc la cantine, mais sous la table à tréteaux, rencoquillé comme dans le ventre de sa mère, Ptite Tonne – ce grand Ptite Tonne ! – pleure comme bébé tendre en moelle.

– Il est comme ça, dit Raymond, depuis que le cyclone a soulevé sa case d'un bloc, l'a transportée sur je ne sais combien de mètres avant de la déposer à deux doigts du rempart de la ravine. Il suffit, maintenant, que la pluie menace pour que lui se mette à pleurer.

Mais justement, elle ne fait pas que menacer, la pluie : elle attaque avec violence, elle s'éboule du ciel. Ce déluge n'est pas pour s'arrêter de sitôt. De toute façon, ceux qui sont dehors sont déjà trempés en chiens mouillés. Ni le sac de jute – encore moins la feuille de bananier – ni l'imperméable ne pourraient quoi que ce soit contre une pluie pareille !

Dégoulinantes d'eau et riant à pleine gorge, les filles arrivent à la course. Lina la première, plus pressée, plus joyeuse et ni plus ni moins en mare. Après un sourire à mon égard, elle se penche en avant pour tordre ses cheveux roux et les presser de toute leur eau. Puis elle se redresse, et, sa mousseline se collant à sa peau, tout ce que je n'avais fait que deviner, je le caresse maintenant des yeux. J'imaginais un rein de guêpe, et rein de guêpe elle a, oui, mais qui finit en fesses pommées. La cuisse est ronde malgré les vacances et leurs ventres jamais comblés. D'un coup de tête, elle renvoie ses cheveux en arrière. Ses seins, sans soutien naturellement – la robe coûte assez cher ! –, piquent le ciel : deux aubergines pointues, pleines, qui, sûrement aussi fermes que des vraies, me halent à mort. Le désir envahit mon sang. Mon corps se tend à faire mal. Je n'en peux plus.

Et je ne suis pas le seul. Ces deux salauds de Mano et de Raymond n'arrêtent pas de la reluquer.

« Raymond, petit cochon ! je pense, et jusqu'à toi, Sans Z'œufs ! »

La directrice arrive, heureusement, portant sous le bras un gros paquet de journaux plus ou moins récents, et se protégeant de la pluie sous un grand golaz de couleur bleue. L'immense parapluie en guise de paravent, les filles se cachent pour, une feuille de journal sur la poitrine, une autre dans le dos, se protéger de la toile mouillée de la robe.

Le temps que Lina « s'habille », j'essaie – vainement – de tirer Ptite Tonne de dessous la table : j'en ai assez de recevoir ses gémissements sur les pieds. Tout à coup Raymond éclate de rire. Je me redresse vivement : c'est de Lina qu'il rit. Ça ne peut être que d'elle. Grâce à Dieu, non. D'ailleurs le rire de Raymond semble être davantage de joie que de moquerie. La cause en est un titre de journal que la toile éclaircie par la pluie permet de lire dans le dos de l'Adèle Pompon :

LE MAIRE SORTANT BIEN PLACÉ POUR L'EMPORTER.

Mardi 6 mars

Il pleut toujours. Malgré la pluie qui est vie et joie, je suis triste : Lina n'est pas là. Je suis triste et inquiet.

J'ai beau savoir qu'elle n'a qu'une seule robe, Lina, que par ce temps imbibé d'eau sa mousseline n'a sûrement pas pu sécher depuis l'averse d'hier ; j'ai beau me dire qu'il se peut que sa mère ait eu besoin de descendre à la ville et de sa grande fille pour garder les petits ; j'ai beau trouver plein d'autres bonnes raisons qu'appuie l'absence d'Ary ; je suis, malgré tout, rongé par le tracas.

Et j'avais tant, tant besoin de sa présence, surtout après ce rêve de la nuit dernière commençant si bon pour finir en cauchemar !

Lina, tout habillée, s'avance dans l'eau d'un petit lac émeraude à demi encaissé dans la lave. Elle marche, belle de joie tranquille, vers des pétillements de cascade et de soleil. Au toucher des remparts de roche luisante, les éclats d'eau se roulent en gouttes qui, d'abord, baignent la capillaire, s'attardent sur la feuille grasse du taro, puis, à la vue de Lina, se précipitent pour venir lécher sa chevelure, ses épaules, son vêtement. Goutte par goutte, l'eau efface la mousseline, touche par touche elle révèle la chair de son corps, de son corps tout nu. Et Lina m'invite à elle d'un long regard. Et ses yeux, et ses seins et ses cuisses, et son ventre m'entraînent irrésistiblement... m'entraîneraient si, assise sur une chaise basse, les pieds dans les pensées d'eau, grand-mère n'était pas là. Lina me hale à mort et je ne peux évidemment pas la rejoindre. De me voir ainsi cloué à la berge, grand-mère en rit aux éclats. Elle rit, la vieille rosse, en s'aspergeant les jambes, en se frottant les pieds aux racines des pensées d'eau. Elle rit. Elle n'arrête pas de rire. Elle ne devrait pas tant, car sa moquerie me pique, m'aiguillonne. Je me prends du courage, je me décide, j'y vais.

Grand-mère alors se lève. Elle est d'abord invectives et menaces, ce dont je n'ai rien à faire : j'avance toujours. Grand-mère se met à me lancer tout ce qui lui passe sous la main : des laisses de pensées d'eau, des branches pourries, de la boue. Toute la famille s'y met, papa aussi ! J'avance sans me retourner. J'arrive à Lina. Nous sommes si impatients de nous aimer que, serrés l'un contre l'autre, nous tombons à la renverse dans l'eau. Nous en profitons pour nous embrasser longtemps, longtemps, jusqu'à ce que nous perdions haleine et soyons obligés de nous relever, de sortir la tête de l'eau... Ils nous lancent des pierres maintenant. Pour nous en protéger, nous nous collons contre la paroi du bassin. Les jets se font de plus en plus adroits. Et tout d'un coup Lina saigne. Elle saigne en abondance. Elle baigne dans son sang. Je la soulève comme je peux, je la porte à la rive. Les pierres cessent. Les bras de papa lui tombent du corps. Grand-mère a si mal d'avoir fait ce mal qu'elle en devient folle. Elle éponge le sang du front de Lina, lui embrasse les mains…

Mercredi 7 mars

Lina est revenue, Lina est là. Et radieuse ! Ary aussi est heureux. En plein milieu d'une bouchée, il m'en donne la cause en même temps que celle de leur absence d'hier :
– Le docteur a dit que demain on va me mettre une jambe neuve !
J'ai la chance de partager leur joie.

– Regardez, dit bientôt Raymond !
On regarde, et, au milieu du tableau :

INSTRUCTION CIVIQUE

et dessous la simple phrase :

LE MAIRE S'OCCUPE DES AFFAIRES DE LA COMMUNE.

– Vous avez compris ? ajoute Raymond.
– Compris quoi ? demande Ptite Tonne.
– Les élections !

– De la propagande pour Maisonneuve, grince Mano, méprisant.

Vendredi 9 mars

Ary s'est emmêlé l'idée : l'opération n'est que pour la fin du mois. Hier, ils ont photographié sa jambe, l'ont passée, repassée à la radio, ils ont même fait des traits au stylo à bille dessus, de grands traits noirs que l'on voit encore un peu sous la boue de ce matin. Ils préparent tout, quoi ! Malgré le contretemps, notre bonheur est entier. Mais la directrice, en frappant dans ses mains dès le pas de la porte, viendra nous le bousculer. Qu'est-ce qu'elle nous veut encore, la chamelle ?
– Silence ! Silence !
– Silence ! Silence ! répète Yvonne pour tenter de faire refluer les paroles d'Adèle Pompon qui ne peuvent s'empêcher de s'échapper de sa bouche, même quand celle-ci est engorgée de riz.
La directrice se rapproche du bureau, tandis que la cuisinière, madame Barbin, dépose sur l'estrade la grosse boîte ronde et très haute des marchands de glace ambulants :
– Des sorbets, crie Ptite Tonne ! Des sorbets !
– Oui, mes enfants, dit la directrice avec le sourire d'Yvette Horner dans les paquets de cigarettes

JOB. Oui, le dessert d'aujourd'hui est cette magnifique surprise que notre maire vous offre, et de l'argent de sa poche encore !

Et la directrice de se mettre à distribuer elle-même des sucettes glacées sur lesquelles les bouches se précipitent.

– C'est bon ! C'est bon ! exulte Ptite Tonne qui se lèche non seulement les doigts, mais aussi les bras et même le devant de sa chemise où fondent les éclats du sorbet gloutonne.

C'est vrai qu'ils sont bons, ces sorbets ! En plus, ceux-là sont si verts qu'ils nous font des langues en feuilles d'avocatier. Je vous laisse imaginer nos clowneries à base de bouches vertes. Ma joie, hélas, est de courte durée : Lina ne mange pas. Elle n'est même pas allée chercher son sorbet, ne serait-ce que pour le donner à son frère. Mano non plus ne s'est pas dérangé. Mais qu'est-ce qui peut bien se cacher derrière tout cet embrouillement ?

La directrice est bien obligée de remarquer l'accroc dans sa cérémonie :

– Il en reste deux ! elle se fait remarquer. Il en reste deux ! elle nous fait remarquer. Qui n'est pas venu chercher le sien ? Vite, ça va fondre !

Lina et Mano sont aussi sourds qu'oreilles de cochon en marmite. Mais qu'est-ce qui prend alors à toutes ces garces de filles pour dénoncer Lina ?

– Lina, Madame ! C'est Lina qui n'a pas pris !

Et cette saloperie de Raymond qui, de sa langue verte – « Il a su choisir la bonne couleur, le maire ! La couleur de son bulletin ! Quel type formidable ! » –, ce salaud de Raymond qui moucharde Mano :

– Mano, Madame ! C'est Mano qui refuse de prendre le sorbet.

– C'est Lina !

– C'est Mano !

La directrice tient donc ses coupables dont ma pauvre Lina :

– Qui est Lina ? Où est cette Lina ?

– Madame, moin la fine manj lé mièn.

– J'ai déjà mangé le mien ! corrige, sévère, Garde-Chiourme. Répète !

– J'ai déjà mangé lé mièn.

– Le mien !

– Le mien.

– Puisque tu le dis ! Enfin, c'est ton affaire ! Et Mano ? Où se cache le Mano ?... Allez, debout !

Mano se redresse, du moins en partie, car la bouderie lui tord le cou et lui penche la tête sur le côté. Fort, malgré tout de l'expérience de Lina, Mano, pour ne pas se faire rabrouer, essaie de sortir son français ! Il ne peut que grogner :

– Ma dent est piquée, les affaires doux me fait mal.

– J'ai une dent cariée. Les choses sucrées me font mal. Répète !

Pendant que Mano redouble la ritournelle, Yvonne vient marmonner à l'oreille de la directrice qui, alors, grimace :

– C'est donc ça ! Eh bien, mes petits cocos, nous nous délecterons de vos sorbets en pensant à votre gugus que monsieur De Maisonneuve battra dimanche. Tenez, Yvonne ! Celui-là est pour vous.

– Qu'a-t-elle voulu dire par « Gugus » ? De quel « Gugus » veut-elle parler ?

Ptite Tonne nous pose à voix basse ces questions que je me posais moi-même.

– C'est le chef des rouges, répond cette roulure de Raymond. La famille de Mano, celle de Lina mènent campagne pour les communistes.

Il me revient en mémoire maintenant qu'il l'avait déjà dit des parents de Lina. Mais moi, qu'est-ce que je m'en fous de cette histoire d'élections ! Lina, elle-même, peut « guguster » tant qu'elle veut, je ne l'en aimerai pas moins !

Elle garde le sourire, ma Lina, tandis qu'à l'autre bout de notre table Mano renifle :

– Je mangerai jamais les saloperies de Maisonneuve ! Jamais !

Samedi 10 mars

Stupéfaction dès le pas de la porte : nos tables sont complètement vides, ni assiettes, ni fourchettes, ni verres, ni couteaux, pas trace de riz ou de cari, pas même un souffle de sciure de pain. La directrice, qui arrive, ne dissipera pas notre trouble, bien au contraire :
– Mes enfants, nous dit-elle sur un ton qu'elle voudrait peut-être malheureux, mais que la sévérité domine. Mes enfants, il n'y a rien à manger, aujourd'hui !
Silence de mort dans la cantine, silence de faim sans espoir, silence. Ary fait bien plus que pitié, Ptite Tonne est à deux doigts des larmes. Lequel des deux lâchera le premier ? Dieu, faites que ce ne soit pas Ary !
La directrice laisse le silence se gonfler jusqu'à la catastrophe, et alors, ni Ary ni Ptite Tonne, c'est Adèle qui éclate et supplie :
– Mais, Madame ! Pourquoi, Madame ? Qu'est-ce qu'on vous a fait, Madame ?
Les lèvres de Madame se dépincent, les yeux se désévèrent. Sourire. Rire, presque :

– Grande bête, va ! Rassure-toi ! Rassurez-vous tous ! On vous apporte immédiatement votre repas. Mais si lundi, monsieur De Maisonneuve n'est plus maire, si on a laissé l'« autre » lui voler sa place, notre plaisanterie deviendra, hélas, réalité ; et je serai obligée de vous dire : « il n'y a plus de manger pour de vrai ! »... Certains prétendront que je n'ai pas le droit de vous parler comme cela, mais, quand le bateau risque de sombrer, le capitaine a le devoir de prendre toutes les mesures qui s'imposent ! Voilà !

Yvonne, la bouche fendue d'oreille à oreille, rit de tout son râtelier neuf. Elle se trémousse, applaudit et finit par demander en jubilant :

– J'amène le manger, Madame ?

– Faites, Yvonne, faites ! Et surtout n'oubliez pas le bocal de piment.

Ai-je bien entendu ? Le piment ! Mais elle est devenue folle, la capitaine ! Un jour, elle vous oblige à patauger dans le roux blond, à stagner dans la sauce blanche, à croupir dans la béarnaise, le lendemain c'est elle qui propose le cyclone et la tempête !

Le fumet de la volaille rôtie qui arrive hale irrésistiblement, le rouge feu du piment rouge fait rouler des flots de salive dans nos bouches, et les morceaux de citron qu'on y a mis à confire auraient fait baver Louis XIV... s'il n'était pas zorèy ! Un manger de roi, incontestablement !

Ça n'est pas la mise en scène de la directrice qui

abattrait mon appétit. Je mange avec d'autant plus de bon cœur que Lina elle aussi ne laisse pas sa part, ni au cochon d'Yvonne ni à l'Adèle Pompon ! Manger ne nous empêche pas de relever la tête, et deux fois, trois fois, nos regards se croisent. Et, sourire ou faux épongement des lèvres, Lina a toujours une déclaration pour moi.

Au moment où la directrice nous tourne le dos pour reprendre son chemin, un cri goguenard éclate :
— À bas Maisonneuve !

Je ne sais qui l'a poussé, ce cri, et penché dessous quelle table, mais il résonne dans la charpente et j'imagine comment dans la tête de Pauvre Mademoiselle. Elle se caille en statue, la demoiselle en question, mais bien vite elle fait volte-face et contre-attaque :

— C'est le Mano, j'en suis sûre. Où est cette petite fripouille que je lui frotte les oreilles ?
— Mano, l'est pas là, Madame.

Alors les rires nous débarrassent du mauvais silence qui aurait voulu s'installer. Hélas, ils amènent pire :

— Taisez-vous ! Taisez-vous ! hurle la directrice à s'écarteler la bouche.

Yvonne aussi, ergots et lancettes parés, entre dans le rond de combat, mais, contrairement à Pomponnette, Souillon préfère le corps à corps :

— Taisez-toi, taisez-toi ! elle glapit.

Le silence revenu, la directrice, sans prévenir, entonne :

Allons enfants de la patrie-i-yeu
Le jour de gloire est arrivé...

Elle ajoute en hurlant :
— Tous, j'exige que vous chantiez tous !
Et nous chantons, nous chantons. Lina aussi, d'abord du bout des lèvres, puis à pleine gorge, du moins entre deux éclats de rire. Et, joie ! son regard se tourne vers moi plus souvent qu'à mon tour ! Et je chante, je gueule joyeusement *la Marseillaise* ! J'exulte *la Marseillaise* ! Je ris en chantant ! Mais la claque qu'Adèle reçoit — il ne lui restait que deux petites bouchées de rien du tout à finir —, le claquement de la claque à la joue d'Adèle, et le riz coulant de sa bouche en pleurs, nous donne à réfléchir, d'autant plus que Manmzelle monte sur une chaise pour bien tenir notre chorale en main.

Après avoir tiré à *la Marseillaise*, nous attaquons aux *Fiers Gaulois*, moi comme les autres. *Le Régiment de Sambre-et-Meuse* vient compléter les rangs des *Fiers Gaulois* qui, quoique de plus en plus éclaircis, refusent d'abandonner le terrain. Le pauvre *Chant des partisans* est obligé de venir à la rescousse du *Régiment*.

Nous ne connaissons que des bribes de ces romances-là, alors, pour qu'il n'y ait pas trop de vides, nous imitons les sons produits par la directrice. Pour ça, Yvonne est de loin la moins douée de nous tous : elle ne peut reprendre — entre deux moments de bouche béante et bullant comme celle d'un risdal [1] —

---

1. Mérou.

que les syllabes de la fin, les seules qu'elle saisit, ou qu'elle retient, ou qu'elle a le temps de replacer :
– Aux pieds d'une vigne,
  je naquis un jour…
– Quizinjour…
– D'une mère digne de tous mes amours…
– Mézamour…
– Et je suis fier-èr…
– èr…
– D'être bourguignon.
– Bourguiyon.

– Et maintenant, vous allez sortir en silence ! ordonne la directrice qui poursuit par des menaces : Gare à celui qui ouvre encore le bec !

Ary n'a rien compris à tout ce tangage :
– Y a pas de dessert aujourd'hui, Baya ?
– Tais-toi, Ary ! Tais-toi ! Tu vois pas que le temps s'est gâté ? Lundi, lundi t'auras double dessert.

Lundi 12 mars

Les élections d'hier mettent aujourd'hui le feu à la cantine. Elle est pourtant vide des partisans de Maisonneuve qui se révèlent par leur absence : d'abord Raymond, mais pour Raymond on aurait pu le parier sans crainte, et puis Adèle, et puis Mithé, et puis plein d'autres encore. La directrice aussi nous ne l'avons pas vue depuis samedi.

Boucan terrible, malgré Yvonne, car Yvonne est là ! Déluge de cris, bourrasques de joie. Un orchestre d'assiettes en tôles et fourchettes en laiton se déchaîne sous la direction de Mano qui, en plus, fait le chanteur :

> *Maisonneuve est mort*
> *Maisonneuve est mort*
> *La tête en bas la bougie dans le cul...*

La chanson est bien insolente et loin d'être futée, je m'en serais fichu il y a peu, aujourd'hui, j'en ris aux éclats : depuis la sérénade de samedi, qu'on ne me parle plus de Maisonneuve ! Et puis il y a Lina ! Lina aux anges. Lina rayonnante, Lina débordante !

Mano recommence, recommence encore. Il n'arrête pas de provoquer Yvonne. Ptite Tonne – que nous aurions tous mis absent – Ptite Tonne se moque ouvertement d'elle. D'ailleurs les quolibets fusent de toutes parts vers Gros Tabac qui ne bouge pas. Elle est appuyée au bureau, le coude posé dessus. On dirait même que c'est elle qui nous goguenarde. Cela, bien entendu, fait monter encore plus les nerfs de la bande à Mano qui lâche le tout pour le tout : la plus dure des chansons composées par Ptite Tonne pendant ses vacances forcées :

Depuis Saint-Denis jusqu'à Saint-Pierre
Y a qu'la pipe du maire
Qu'a pu fumer le tabac d'Tabac Vert.

Gros Tabac ne bronche même pas. Elle sourit de biais, mais sourit : Ptite Tonne se déchaîne à son tour. Il gesticule, crie :
– Le manger, que soi-disant y en aurait pu, y en a pas aujourd'hui ? C'est quoi, ça ? C'est pas du manger, ça !
Et vrai de vrai qu'il y a du manger. De l'habituel, de celui des lundis : riz, haricots, bœuf... Ary est le seul, pour l'instant, à s'en servir et plus que copieusement : voyage de riz, foison de grains, au moins deux parts de viande. Alors, Yvonne, sûrement d'en prendre trop pour son grade, préfère s'en aller, ce qui redouble les cris de joie. Et puis nous commençons à nous servir. Riz et grains pour moi, un manche de cuiller de piment. Quant au bœuf...
Brusquement, Ary se lève, il se tient la gorge, la

poitrine. Il est brûlé, déchiré par en dedans. Il souffre de mort ardente. Des aiguilles, le manger est bourré de pointes d'aiguilles [1] ; qui d'autre qu'Yvonne a pu faire une chose pareille ? Qui trouvera trace d'elle maintenant ? Et à quoi cela servirait ?

Lina se précipite, soutient son frère, l'entoure.

– Le docteur, elle gémit, il faut le docteur.

Faire monter le médecin de la ville, c'est vraiment la seule chose que nous puissions faire, sans même un grand monde pour nous aider...

– Madame Barbin, je pense. Elle est sûrement dans sa cuisine. Il a bien fallu le préparer ce maudit repas, avant qu'Yvonne n'y ajoute la mort. Madame Barbin, elle saura s'il faut le chaud ou le froid, l'assis ou l'allongé, le boire ou le pas boire. Madame Barbin nous aidera, elle.

– Madame Barbin ! Il faut appeler madame Barbin, je crie.

À peine madame Barbin est-elle arrivée que je m'élance vers le téléphone public du vieux Tranquille. Plus de cinq cents mètres à faire d'un vieux chemin de roche à peine égalisée. Heureusement que mes pieds en ont connu pire. Mais qu'ai-je à penser à mes pieds ! Ary ! Le manger plein d'aiguilles ! Le docteur ! Téléphoner au docteur ! Et Lina ! L'immense inquiétude de Lina ! Cette ordure d'Yvonne ! La souffrance insoutenable d'Ary ! Le docteur, loin là-bas en ville à dix kilomètres de ce

---

1. Cet épisode est basé sur des faits qui se sont réellement déroulés à la Réunion il y a une dizaine d'années de cela.

même mauvais chemin ! Lina dévorée par son angoisse ! Lina malheureuse ! Lina, Lina, Lina !

Le vieux Tranquille porte mal son nom : il est nerveux dans son visage, sec dans son mouvement, à pic dans sa façon de parler. Il appuie sur la manette du téléphone, décroche, raccroche, s'énerve, recommence, s'énerve encore plus et finit par dire des choses qu'il ne pense sûrement pas :

— Elle dort au lieu de travailler cette madame Allamanda. Elle est peut-être aussi belle que son nom de fleur, mais elle ne fait pas son boulot... Je lui dirai deux mots, moi, quand je descendrai en ville.

Il raccroche le téléphone, semble se calmer, sonne et s'énerve à nouveau. Et moi, sans rien dire, évidemment, je suis encore plus énervé que lui. À force de tant essayer, il finit par avoir la postière :

— Je voudrais le docteur X, s'il vous plaît... Bien sûr que c'est pressé, qu'est-ce que vous croyez !... Je sais bien que ça passe difficilement... Faites vite, faites vite ! Grouille-toi, bon Dieu ! Grouille-toi !

Et le vieux de raccrocher le combiné, puis, voyant mon air inquiet :

— Te tracasse pas : elle me rappelle tout de suite.

Me voici à nouveau courant à me crever le fiel : le docteur ne montera pas. Monsieur Tranquille dit qu'il ne veut pas abîmer sa grande et belle voiture dans le chemin défoncé, les cabosses en dur, les ornières creusées par les roues cerclées de fer des charrettes.

Il ne montera pas, le vieux salaud qui a eu le prétexte facile :

— Puisque je vous dis que cela n'est pas possible ! J'ai une visite à faire à l'instant. Cette personne-là aussi peut mourir. Écoutez, vous me l'amenez, il passera en premier.

Par le conseil du vieux, je cours donc maintenant chez le père de Ptite Tonne. Monsieur Sumard voudra bien mettre en route son camion et puis descendre Ary jusqu'à l'hôpital. Il voudra bien, mais le camion, lui, voudra-t-il ? La coupe des cannes est finie depuis trois mois déjà, et le tas de ferraille a dormi tout ce temps sous le manguier du jardin ?

— Écoute, dit le père Sumard en remplissant à grands coups d'arrosoir le radiateur. J'ai toujours réussi à le faire partir. Le démarreur marche plus et je n'ai plus le bras pour la manivelle, mais il reste un fond de courant dans la batterie qui suffit pour choquer le moteur dans la pente. Et de la pente, il y en a ! il dit, en me montrant les kilomètres qui déboulent vers la mer.

Il me rassure et me fait bouillir en même temps, le papa de Ptite Tonne. Bouillir, parce qu'il prend le temps, surtout celui de blaguer. Mais, au bout du compte, nous voilà, malgré tout, dans la cour de l'école. On porte Ary jusqu'au caisson à ciel ouvert du camion. On l'allonge sur un petit matelas que madame Barbin a su dénicher. On dispose sa tête sur les genoux de Lina. Et moi qui suis monté sans rien demander à personne, je m'assois à même le plancher sur le paquet de chaînes à lier les cannes.

Au moment du départ, madame Barbin se précipite, une gamelle de brèdes[1] à la main. C'est exprès qu'elle les a choisies dures et filandreuses : pour qu'elles enveloppent les pointes d'aiguilles et protègent autant que faire se peut l'en-dedans du ventre d'Ary.
Nous démarrons. Lina relève la grosse tête de son frère qui sue le martyre et que j'essaie de faire manger dans les cahots de la route et des ressorts cassés. D'abord Ary refuse, mais Lina le supplie, l'implore. Je vais même jusqu'à l'engueuler. Alors, bouchée par bouchée, très-peu par très-peu, presque fil à fil, il finit par avaler tout le contenu du gros garde-manger.

Elle avait bien raison, madame Barbin : Ary, qui se plaignait tant, se calme et ne gémit même plus. Lina sort un mouchoir bien propre de sa poche et lui essuie les lèvres.
– On le sauvera, je pense tout haut.
Ary me regarde et regarde ma Lina qui a un bref mais vrai sourire.
– J'aime Baya, moi, tu sais ! il lui dit.
– Moi aussi, elle répond.
– Je l'aime beaucoup, beaucoup.

1. Mode de préparation de feuilles de légumes.

Ary ferme les yeux, pour les rouvrir aussitôt, car Lina vient d'ajouter :

– Moi, tu ne peux pas t'imaginer combien !

Ary s'endort sur le coup. Lina relève le regard qu'elle avait baissé et, au lieu de briser en moi, comme elle le fait habituellement, la certitude de son amour, rouge comme un piment mûr, elle bougonne presque à mon adresse :

– Comme si tu ne le savais pas déjà !

Table

I

Lundi 3 septembre 11
Mardi 4 septembre 16
Mercredi 5 septembre 18
Vendredi 7 septembre 21
Samedi 8 septembre 25
Lundi 10 septembre 34
Sauce de sardines, 11 septembre 36
Rougail de morue, 12 septembre 38
Saucisse-frites, 15 septembre 39
Lundi 17 septembre 43
Mardi 18 septembre 48
Mercredi 19 septembre 53
Vendredi 21 septembre 55
Samedi 22 septembre 58
Lundi 24 septembre 59
Mardi 25 septembre 60
Mercredi 26 septembre 63

II

Lundi 1ᵉʳ octobre 67
Mardi 2 octobre 74
Vendredi 5 octobre 78
Samedi 6 octobre 81
Mardi 9 octobre 83
Mercredi 10 octobre 86
Vendredi 12 octobre 88
Samedi 13 octobre 91
Lundi 15 octobre 96

III

Mardi 16 octobre 101
Mercredi 17 octobre 103
Vendredi 19 octobre 105
Samedi 20 octobre 106
Lundi 22 octobre 107
Mardi 23 octobre 110
Vendredi 26 octobre 111
Samedi 27 octobre 112
Mardi 30 octobre 118
Mercredi 31 octobre 120
Lundi 5 novembre 123
Mercredi 7 novembre 124
Vendredi 9 novembre 127
Lundi 12 novembre 128
Mardi 13 novembre 129
Samedi 5 décembre 130
Lundi 7 décembre 133

Mardi 8 décembre 135
Mercredi 9 décembre 138
Vendredi 11 décembre 140
Samedi 12 décembre 141
Lundi 14 décembre 144
Mardi 15 décembre 146
Mercredi 16 décembre 147
Vendredi 18 décembre 149

IV

Vendredi 2 mars 153
Samedi 3 mars 156
Lundi 5 mars 160
Mardi 6 mars 163
Mercredi 7 mars 166
Vendredi 9 mars 168
Samedi 10 mars 172
Lundi 12 mars 177

RÉALISATION : IGS-CHARENTE-PHOTOGRAVURE À L'ISLE-D'ESPAGNAC

Cet ouvrage a été imprimé en France par
CPI Bussière
à Saint-Amand-Montrond (Cher)
en avril 2011.
N° d'édition 105422. - N° d'impression 110202.
Dépôt légal avril 2011.